U0299281

远行记

季羡林 著

清华大学出版社
北京

图书在版编目（CIP）数据

远行记 / 季羡林著 . —北京：清华大学出版社，2023.3
（读典季羡林 . 轻收藏书系）
ISBN 978-7-302-62941-2

Ⅰ . ①远⋯　Ⅱ . ①季⋯　Ⅲ . ①散文集－中国－当代　Ⅳ . ① I267

中国国家版本馆 CIP 数据核字 (2023) 第 038507 号

责任编辑：宋冬雪
封面设计：左左工作室
责任校对：王荣静
责任印制：杨　艳

出版发行：清华大学出版社
　　　　　网　　　址：http：//www.tup.com.cn，http：//www.wqbook.com
　　　　　地　　　址：北京清华大学学研大厦 A 座　　　邮　　编：100084
　　　　　社 总 机：010-83470000　　　　　邮　　购：010-62786544
　　　　　投稿与读者服务：010-62776969，c-service@tup.tsinghua.edu.cn
　　　　　质 量 反 馈：010-62772015，zhiliang@tup.tsinghua.edu.cn
印 装 者：三河市东方印刷有限公司
经　　销：全国新华书店
开　　本：148mm×210mm　　**印　张：**9.25　　**字　数：**156 千字
版　　次：2023 年 4 月第 1 版　　**印　次：**2023 年 4 月第 1 次印刷
定　　价：59.00 元

产品编号：100379-01

编者的话

2023 年，距离季老 2009 年离世已经过了 14 年。这 14 年，世界改变了很多，唯一恒定，可以带给我们安全感的，阅读是一种，特别是阅读如季老这样的大师的经典作品。

相较于层出不穷的新的文字内容、新的表达方式，经典作品如祖母永远向我们敞开的温暖怀抱，只要我们需要，只要我们走近并伸出双手捧起图书，就可以随时沉浸其中。借由文字，仿佛生了同作者一样的眼睛与心灵，去捕捉细微的触动，并与其共鸣。

季老一生笔耕不辍，尤其偏爱散文，觉得散文最能得心应手，灵活圆通，并创作了大量脍炙人口的名篇。季老认为，散文的精髓在于"真情"二字，"理想的散文是淳朴而不乏味，流利而不油滑，庄重而不板滞，典雅而不雕琢"。他的散文作品，也切实践行着这样的标准。

我们希望，能有一套书，能在读者和季老的散文作品之间搭建起一座桥梁，让这些经典隽永，或美丽或可爱或柔情或带有痛感或清醒睿智的文字，被更多人口读心诵，发挥其应有的价值与功用。"读典季羡林·轻收藏书系"就是这样一套书。

"读典季羡林·轻收藏书系"共包含四个分册，分别为《养猫记》《读书与写作》《论人生》《远行记》，收入季老作品共 152 篇。《养猫记》主要收入了季老写动物、植物以及雨雾等自然现象的文章，其中包含名篇《夹竹桃》《马缨花》等，这些文章生动体现了季老笔下万物皆有灵，皆可入怀和入笔的细腻情怀。《读书与写作》分册，如其名则收入了季老关于读书、写作两个话题的文章，可见季老对书之偏爱，对于阅读的见解，以及关于写作的独特见地。《论人生》收入了季老几乎所有关于人生的智慧与观点的文章，话题涉及众多，如人生的意义与价值、爱情、成功、勤奋与机遇、压力、恐惧、变老等，可谓丰饶且营养丰富。《远行记》则精选了与旅游有关的散文，涵括国内、欧洲及亚洲诸多自然及人文风景胜地，可在文字中与季老一起畅游世界。

另外，我们在每本书里还赠送了一张藏书票，上面的那句"不要让脑筋闲着"是季老常说的一句话，也是他自认为保持长寿的秘诀。同时，在藏书票上我们放了季老的一枚藏书章，季老爱书如命，相信能看到这里的你也必然是爱书的人，希望你喜欢。

最后，期待你享受阅读这套书。

2023 年 3 月

目　录

国内篇

欧游篇

亚洲行

国内篇

石林颂

我怎样来歌颂石林呢？它是祖国的胜迹，大自然的杰作，宇宙的奇观。它能使画家搁笔，歌唱家沉默，诗人徒唤奈何。

但是，我却仍然是非歌颂它不可。在没有看到它以前，我已经默默地歌颂了它许多许多年。现在终于看到了它，难道还能沉默无言吗？

在不知道多少年以前，我就听人们谈论到石林，还在一些书上读到有关它的记载。从那时候起，对这样一个神奇的东西，我心里就埋上了一颗向往的种子。以后，我曾多次经过昆明，每次都想去看一看石林；但是，每次都没能如愿，空让那一颗向往的种子寂寞地埋在我的心里，没有能够发芽、开花。

我曾有过种种的幻想。我把一切我曾看到过的同

"石"和"林"有关的东西都联系起来，构成了我自己的"石林"。我幻想：石林就像是热带的仙人掌，一根一根竖在那里，高高地插入蔚蓝的晴空。我幻想：石林就像是木变石，不是一株，而是千株万株，参差不齐，错错落落，汇成一片大森林。我又幻想：石林就像是一堆太湖石，玲珑剔透，嵯峨巉岩，布满了一座美丽的大花园。我觉得，自己创造出来的这些形象都是异常美妙的，我沉湎于自己的幻想中。

然而今天，我终于亲眼看到石林了。我发现，不管我那些幻想是多么奇妙，多么美丽，相形之下，它们都黯然失色，有些简直显得寒碜得可笑了。我眼前的石林完全不是那个样子。

走到离开石林还有十几里路的地方，我就看到一块块的灰色大石头耸立在稻田中，孤高挺直，拔地而起，倒影映在黄色的水面上，再衬上绿色的禾苗，构成一幅秀丽动人的图画。这些石头错错落落地站在那里，从远处看去，就像是一团团的乌云，像是一头头的野象，又像是古代神话中的巨人，手执刀枪，互相搏斗。我兴奋起来了，自己心里想：石林原来是这个样子呀！

然而，过了不久，我就发现，石林也还不完全就是这个样子。

到了石林的最胜处，我看到一块块的青灰色的大石头，高达几十丈几百丈，仿佛是给魔术师从大地深处咒出来似的，盘根错节，森森棱棱，形成了一座巨大的迷宫。这些石头都洋溢着无穷无尽的力量，威慑地挺立在我们眼前。迷宫里面千门万户，窈窕玲珑，说不清有多少曲洞，数不清有多少幽洞。我仿佛走进了古代的阿房宫，"五步一楼，十步一阁。廊腰缦回，檐牙高啄。各抱地势，钩心斗角"。一条条的羊肠小道，阴暗崎岖。一处处的岩穴洞府，老藤穿壁，绿苔盈阶。有时候，我以为没有路了，但是转过一座石壁，却豁然开朗，眼前有清泉一泓，参天怪石倒影其中，显得幽深渺远，恍如仙境；有时候，我以为有路，但是穿涧越洞，猱升蛇行，爬得我昏头昏脑，终于还是碰了壁，不得不回头另找出路；也有时候，我左转右转，上上下下，弯腰曲背，碰头擦臂，以为不知道已经走了多远，然而站下来，定睛一看，却原来又回来了。我就像是陷入了八阵图中，心情又紧张，又兴奋。

但是，在紧张和兴奋中，我并没有忘记欣赏四周的瑰奇伟丽的景色。面对着各种各样的怪石头，我的脑海里映起了种种形象。我有时候想到古代希腊的雕塑，于是目光所到之处，上下左右，全是精美的雕塑，有留着小胡子的阿波罗，有断了一只胳臂的维纳斯，我仿佛到了奥林匹亚神山之上，身处群神之中。我有时候想到

"曹衣出水，吴带当风"这两句话，眼前立刻就出现了一幅幅吴道子的绘画，笔触遒劲，力透纸背。一转眼，我眼前又仿佛出现了一座古罗马的大剧院，四周围着粗大的石柱，一根根都有撑天的力量。稍微换一个角度，我又看到南印度海边上用一块块大石头雕成的婆罗门教的神庙，星罗棋布地排在那里。再向前走两步，迎面奔来一群野象，一个个甩起了长大的鼻子，来势汹汹，漫山遍野。然而，眼睛一眨，野象又变成了狮子，大大小小，跳踉游戏，爪子对着爪子，尾巴缠住尾巴，我仿佛能听到它们的吼声。如果眼睛再一眨，野兽就突然会变成花朵。这里是一朵云南名贵的茶花，那里是一朵北地蜚声的牡丹，红英映日，绿萼蔽天。这里是芙蓉花来自阆苑仙境，那里是西方极乐世界里的红莲。只要我心思一转，花朵又转成了人物。仙人骑着丹顶鹤驾云而至，阿罗汉披着袈裟大踏步地走下兜率天……

我左思右想，眼花缭乱。眼前这一片森森棱棱的石头仿佛都活了起来，它们仿佛都具有大神通力，变化多端。我想到什么东西，眼前就出现什么东西。也可以说，眼前出现什么东西，我就想到什么东西。我平常总认为自己并不缺乏想象力。可是今天面对着这一堆石头，我的想象却像是给剪掉了翅膀，没法活动了。我只好停下来，干脆什么都不想，排除一切杂念，让自己的心成为一面光洁的镜子，这一堆鬼斧神工凿成的大石头就把自己的影子投入我这一面晶莹澄澈的镜中。

我现在觉得，倒是本地人民的幻想要比我的幻想好得多。他们是这样说的：有一天，仙人张果老用鞭子赶着一群石头，想把南盘江口堵住，把路南一带变成大海，让村庄淹没，人畜死亡。这时候，正巧有一对青年男女在旷野里谈情说爱。他们看到这情形，就同张果老打起来。结果神仙被打败了，一溜烟逃走，丢下这一群石头，就变成了现在的石林。

这幻想的故事是多么朴素，但又多么涵义深远呀！相形之下，自己那些幻想真显得华而不实、毫无意义了。我于是更下定了决心，再不胡思乱想，坐对群石，潜心静观，让它们把影子投入我心里那一面晶莹澄澈的镜中。

但是，我却无论如何也抑压不住自己的激情，我不能沉默无言。石林能使画家搁笔，歌唱家沉默，诗人徒唤奈何。我既非画家，又非歌唱家，更非诗人。我只能用这样粗鄙的文字，唱出我的颂歌。

1962 年 1 月末在思茅写成初稿

6 月 11 日在北京重写

西双版纳礼赞

在北京的时候，我就常常想到西双版纳。每一想到，思想好像要插上翅膀，飞呀，飞呀，不知道要飞多久，飞多远，才能飞到祖国的这一个遥远的边疆地区。

然而，今天我到了西双版纳，却觉得北京就在我跟前。我仿佛能够嗅到北京的气味，听到北京的声音，看到北京的颜色；我的一呼、一吸、一举手、一投足，仿佛都与北京人共之。我没有一点辽远的感觉。这是什么原因呢？

这原因，我最初确是百思莫解。它对我仿佛是一个神秘的谜，我左猜右猜，无论如何也猜不透。但是，我终于在无意中得到了答案。

有一天，我们在允景洪参观一个热带植物园。一群

男女青年陪着我们。听他们的口音，都不是本地人：有
的来自南京，有的来自上海，有的来自湖南，有的来自
江苏。尽管故乡不同，方音各异，现在却和睦融洽地生
活在一起，工作在一起。在浓黑的橡胶树荫里，在五彩
缤纷的奇花异草的芳香中，这些青年兴致勃勃地给我们
解释每一棵植物的名称、特点、经济价值。有一个女孩
子，垂着一双辫子，长着一对又圆又大又亮的眼睛，双
颊像苹果一般的红艳。她浑身洋溢着青春的活力，眼睛
里闪烁着动人的光芒。她正巧走在我的身旁，我就同她
闲谈起来：

"你是什么地方人呢？"

"福建厦门。"

"来了几年了？"

"五年了。"

"你不想家吗？"

女孩子嫣然一笑，把辫子往背后一甩，从容不迫地
说道：

"哪里是祖国的地方，哪里就是我可爱的家乡。"

我的心一动。这一句话多么值得深思玩味呀。从这
些男女青年的神情上来看，他们早已把西双版纳当作自
己的家乡。而我自己虽然来到这里不久，也在不知不觉

中把西双版纳当作自己的家乡了，我已经觉得它同北京没有什么差别了。

我曾不止一次地听日本朋友说到中国青年的眼睛特别亮，这个观察很细致。西双版纳的青年们，确实都像从厦门来的那个女孩子，眼睛特别明亮。这眼睛不但看到现在，而且看到将来；里面洋溢着蓬勃的热情、炽热的希望和美丽的幻想。

西双版纳是一个"黄金国"，是一个奇妙的地方，是一个能引起人们幻想的地方。到了这里，青年们的眼睛怎能不特别明亮呢？

就看看这里的树林吧。离开思茅不远，一进入西双版纳的原始密林，你就会为各种植物的那种无穷无尽、充沛旺盛的生命力所震惊。你看那参天的古树，它从群树丛中伸出了脑袋，孤高挺直，耸然而起，仿佛想一直长到天上，把天空戳上一个窟窿。大叶子的蔓藤爬在树干上，伸着肥大浓绿的胳臂，树多高，它就爬多高，一直爬到白云里去。一些像兰草一样的草本植物，就生长在大树的枝干上，骄傲地在空中繁荣滋长。大榕树劲头更大，一棵树就能繁衍成一片树林。粗大的枝干上长出了一条条的腿；只要有机会踏到地面上，它立刻就深深地牢牢地钻进去，仿佛想把大地钻透，任凭风多大，也休想动摇它丝毫。芭蕉的叶子大得惊人，一片叶子好像就能搭一个天棚，影子铺到地上，浓黑一团。总之，在这里，各种的树，各种的草，各种的花，生长在一起，纠缠在一起，长呀，长呀，长成堆，长成团，长成了一块，郁郁苍苍，浓翠欲滴，连一条蛇都难钻进去。

这里的水果蔬菜，也很惊人。一棵香蕉树能结成百上千只香蕉。肥大的木瓜，簇拥在一起，谁也不让谁；力量大的尽量扩大自己的身体，力量小的只好在夹缝中谋求生存。白菜一棵有几十斤重，拿到手里，像是满手翡翠。萝卜滚圆粗大，里面的汁水简直就要流了出来。大葱有的长得像小儿的胳臂，又白又嫩。其他的蔬菜无不肥嫩鲜美。我们初看到的时候，简直有点觉得它们大得浪费，肥得荒谬，瞠目结舌，不知道究竟应该说什么好了。

所有这一切从地里生长出来的东西，仿佛从大地的最深处带出来了一股丰盈充沛的生命活力，汹涌迸发，弥漫横溢。它在一切树木上，一切花草上，一切山之巅，一切水之涯，把这一片土地造成了美丽的地上乐园。

再说到这里的自然风光，那更是瑰丽奇伟。这里也可以说是有四季的。但却与北方不同，不是春夏秋冬，而是三个春季和一个夏季。我来到这里的时候，北方正是"千里冰封，万里雪飘"，这里却风和日暖，花气袭人，大概只能算是一个春季吧。我最爱这里的清晨。当一百只雄鸡的鸣声把我唤出梦境的时候，晓星未退，晨雾正浓。各种各样花草的香气，在雾中仿佛凝结了起来，成团成块，逼人欲醉。我最爱这里的月夜。月光像水一般从天空中泻下来，泻到芭蕉的大叶子上，泻到累累垂垂的木瓜上，泻到成丛的剑麻上，让一切都浸在清冷的银光中。芭蕉的门扇似的大叶子，剑麻的带锯齿的叶子，木瓜树的长圆的叶子，阴影投在地上，黑白分明，线条清晰。我最爱这里的白云。舒卷自如，变化万端，流动在群山深处，大树林中；流动在茅舍顶上，汽车轮下。它给森林系上腰带，给群峰戴上帽子。每当汽车驶入白云中的时候，下顾溪壑深处，白云仿佛变成了银桥，驮着汽车走向琼楼玉宇的天宫。我最爱这里的青山。簇簇拥拥，层层叠叠，身上驮满了万草千树，肚子里藏满了珍宝奇石，像是一条条翠绿的玉带，环绕着每一个坝子，千峰争秀，万壑竞幽。——我最爱这，我最爱那，我最爱的东西是数也数不完的。

现在这里不但获天时，有地利，最主要的还是得人和。在过去几千年的历史上，这里是有名的瘴疠地，也是有名的民族矛盾冲突的地方。许多古书上记载着一些有关此地的骇人听闻的事情，说这里的空气满含瘴气，呼吸不得；这里的水是毒泉，喝不得；许多美丽的花草也是有毒的，摸不得，嗅不得；森林里蚊子大得像蜻蜓，毒虫肥得像老鼠，简直把这里描绘成一个人间地狱。但是，今天的西双版纳却"换了人间"，完全是另一番景象，另一个天地了。所谓蛮烟瘴雨，早为光天化日所代替，初升的朝阳照穿了神秘的原始密林。花显得更香，叶显得更绿，果实蔬菜显得更肥更大，风光显得更美更妙。工厂里的白烟与山中的白云流在一起，分不清哪是烟，哪是云；人们的歌声与林中的鸟声汇在一起，分不清哪是歌声，哪是鸟声。许多外地的甚至外国的植物在这里安了家；许多外地的人也在这里安了家。十几个语言不同、信仰不同、服装不同、风俗不同的民族聚居在一个村子里，和睦融洽地生活在一起，工作在一起，像是一个大家庭。现在这里真正够得上称作人间乐园了。

在这样一个地方，青年们的眼睛特别明亮，他们把自己的理想和前途，同祖国的前途，同这个地方的前途联系起来，把这个地方当作了自己的家乡，这也是很自然的事情了。

从前，在离开这里不远的思茅，流行着两句话："要下思茅坝，先把老婆嫁。"但是，今天，我们这群来参观访问的人，都一致同意把它改成："要到思茅来，先把老婆带。"我们兴奋地相约：十年后，二十年后，我们一定要再回西双版纳来。到了那时候，西双版纳不知道究竟会美丽奇妙到什么程度。我希望，到了那时候，我能够写出比现在好的礼赞来。

1962年8月

访绍兴鲁迅故居

　　一转入那个地上铺着石板的小胡同，我立刻就认出了那一个从一幅木刻上久已熟悉了的门口。当年鲁迅的母亲就是在这里送她的儿子到南京去求学的。

　　我怀着虔敬的心情走进了这一个简陋的大门。我随时在提醒自己：我现在踏上的不是一个平常的地方。一个伟大的人物、一个文化战线上的坚强的战士就诞生在这里，而且在这里度过了他的童年。

　　对于这样一个人物，我从中学时代起就怀着无限的爱戴与向往。我读了他所有的作品，有的还不止一遍。有一些篇章我甚至能够背诵得出。因此，对于他这个故居我是十分熟悉的。今天虽然是第一次来到这里，我却感到我是来到一个旧游之地了。

房子已经十分古老，而且结构也十分复杂，不像北京的四合院那样，让人一目了然。但是我仍觉得这房子是十分可爱的。我们穿过阴暗的走廊，走过一间间的屋子。我们看到了鲁迅祖母给他讲故事的地方，看到长妈妈在上面睡成一个"大"字的大床，看到鲁迅抄写《南方草木状》用的桌子，也看到鲁迅小时候的天堂——百草园。这都是一些普普通通的东西和地方，一点也看不出有什么神奇之处。但是，我却觉得这都是极其不平常的东西和地方。这里的每一块砖、每一寸土、桌子的每一个角、椅子的每一条腿，鲁迅都踏过、摸过、碰过。我总想多看这些东西一眼，在这些地方多流连一会儿。

鲁迅早已离开这个世界了。他生前，恐怕也很久没有到这一所房子里来过了。但是，我总觉得，他的身影就在我们身旁。我仿佛看到他在百草园里拔草捉虫，看到他同他的小朋友闰土在那里谈话游戏，看到他在父亲严厉监督之下念书写字，看到他做这做那。

这个身影当然是一个小孩子的身影。但是，就是当鲁迅还是一个小孩子的时候，他那坚毅刚强的性格已经有所表露。在他幼年读书的地方三味书屋里，我们看到了他用小刀刻在桌子上的那一个"早"字。故事是大家都熟悉的：有一天，他不知道是由于什么原因，上学迟到了，受到了老师的责问。他于是就刻了这一个字，表示以后一定要来早。以后他就果然再没有迟到过。

这是一件小事。然而，由小见大，它不是很值得我们深思自省吗？

这坚毅刚强的性格伴随了鲁迅一生。"他没有丝毫的奴颜和媚骨"，他一生顽强战斗，追求真理。"横眉冷对千夫指，俯首甘为孺子牛"。他对人民是一个态度，对敌人是完全不同的另一个态度。谁读了这样两句诗，不深深地受到感动呢？现在我在这一间阴暗书房里看到这一个小小的"早"字，我立刻想到他那战斗的一生。在我心目中，他仿佛成了一块铁，一块钢，一块金刚石。刀砍不断，石砸不破，火烧不熔，水浸不透。他的身影突然大了起来，凛然立于宇宙之间，给人带来无限的鼓舞与力量。

同刻着"早"字的那一张书桌仅有一壁之隔，就是鲁迅文章里提到的那一个小院子。他在这里读书的时候，常常偷跑到这里来寻蝉蜕，捉苍蝇。院子确实不大，大概只有两丈多长、一丈多宽。墙角上长着一株腊梅，据说还是当年鲁迅在这里读书时的那一棵。按年岁计算起来，它的年龄应该有一百八十岁了。可是样子却还是年轻得很。梗干茁壮坚挺，叶子是碧绿碧绿的。浑身上下，无限生机；看样子，它还要在这里站上一千年。在我眼中，这一株腊梅也仿佛成了鲁迅那坚毅刚强的、威武不能屈、富贵不能淫的性格的象征。我从地上拾起了一片叶子，小心地夹在我的笔记本里。

把树叶夹在笔记本里，回头看到一直陪我们参观的闰土的孙子在对着我笑。我不了解他这笑是什么意思。也许是笑我那样看重那一片小小的叶子；也许是笑我热得满脸出汗。不管怎样，我也对他笑了一笑。我看他那壮健的体格，看他那浑身的力量，不由得心里就愉快起来，想同他谈一谈。我问他的生活情况和工作情况，他说都很好，都很满意。我这些问题其实都是多余的。从他那满脸的笑容、全身的气度来看，他生活得十分满意、工作得十分称心，不是很清清楚楚的吗？

我因此又想到他的祖父闰土。当他隔了许多年又同鲁迅见面的时候，他不敢再承认小时候的友谊，对着鲁迅喊了一声"老爷"。这使鲁迅打了一个寒噤。他给生活的担子压得十分痛苦，但却又说不出。这又使鲁迅吃了一惊。可是他的儿子水生和鲁迅的侄儿宏儿却非常要好。鲁迅于是大为感慨：他不愿意孩子们再像他那样辛苦辗转而生活，也不愿意他们像闰土那样辛苦麻木而生活，也不愿意他们像别人那样辛苦恣睢而生活。他们应该有新的生活。

这样的生活鲁迅没有能够亲眼看到。但是，今天这新的生活却确确实实地成为现实了。他那老朋友闰土的孙子过的就是这样的新生活，是他们所未经生活过的。按年龄计算起来，鲁迅大概没有见到过闰土的这个孙子。但这是不重要的。重要的是，鲁迅一生为天下的"孺子"而奋斗，今天他的愿望实现了。这真是天地间一大快事。如果鲁迅能够亲眼看到的话，他会感到多么欣慰啊！

我从闰土的孙子想到闰土，从现在想到过去。今昔一比，恍若隔世。我眼前看到的虽然只是闰土的孙子的笑容；但是，在我的心里，却仿佛看到了普天下千千万万孩子们的笑容，看到了全国人民的笑容。幸福的感觉油然流遍了我的全身。我就带着这样的感觉离开了那一个我以前已经熟悉、今天又亲眼看到的门口。

1963 年 11 月 23 日写毕

远行记

游天池

　　有如一个什么神仙，从天堂上什么地方，把一个神仙的池塘摔了下来，落到地上，落到天山里面，就成了现在的天池。

　　民间流传的神话说，半山的小天池是王母娘娘的洗脚盆，山顶上的大天池是王母娘娘的浴池。如果真有一个王母娘娘的话，她的洗脚盆或者浴池大概也只能是这个样子。"西望瑶池降王母"，唐代大诗人杜甫已经这样期望过了。至于她究竟降下来了没有，我们不得而知。如今却只是王母已乘青鸾去，此地空余双天池。

　　今天我们就来到了这个天池。

　　早就听到新疆朋友们说，到新疆来而不去天池，那就等于没有来。我们决不甘心到了新疆而等于没有来。

所以在百忙中冒着传说中天池的寒气从乌鲁木齐趱行两百多里路来到了这里。

天山像一团黑云，横亘天际。从很远的地方就可以望到山顶上白皑皑的雪峰，插入蔚蓝的天空。我在内地从来没有看到过真正的雪峰。来到这里，乍一看到，眼前仿佛一下子亮了起来，兴致也随之而腾涌。车子一开进大山，不时看到哈萨克牧民赶着羊群或马群，用老黄牛驮着蒙古包，从山上迤逦走下山来。耳朵里听到的是从万古雪峰上融化后流下来的雪水在路旁山溪中潺潺的声音。靠近我们的山峰顶上并没有雪，只是在山脊的背阴处长满茂密的松林，据说是原始森林。一棵棵古松都长得苍劲挺直，整整齐齐地排在那里。不长松林的地方，也都是绿草如茵，青翠如碧琉璃。在这些山峰的背后，就是万古雪峰，仿佛近在眼前，伸手就能够抓一把雪过来。然而，据说有一些雪峰还没有人爬上去过哩。

在一路泉声的伴奏下，车子盘旋而上。有时候路比较平坦；有时候则非常陡。往往是转过一个大弯以后，下视走过的山路，深深地落到脚下，令人目眩不敢久视。走到半山的时候，路旁出现了一个圆圆的颜色深绿的池塘，这就是所谓小天池。在这样高的地方，有这样深的池塘，不是从天上摔下来又是从什么地方来的呢？汽车再往上盘旋，最后来到一个山脊上。眼前豁然开朗，久仰大名的大天池就展现在眼前。烟波浩渺，水色深碧，据说是深不可测。在海拔两千米的地方，在众山环抱中，在一系列小山的下面，居然有这样一个湖泊。不见是不会相信的，见了仍然不能相信。这更加强了我的疑问：不是从天上摔下来又是从什么地方来的呢？在这里，幻想大有驰骋的余地，神话也大有销售的市场。天池对面的山坡上长满了挺拔的青松。青松上面是群峰簇列。在众峰之巅就露出了雪峰，在阳光下亮晶晶闪着白光，仿佛离我们更近了。我们此时心旷神怡，逸兴遄飞，面对神话般的雪峰，真像是羽化而登仙了。

在池边的乱石堆中，却另有一番景象。这里人来人往，摩肩接踵，吵吵嚷嚷，拥拥挤挤，一点也没有什么仙气。有很多工厂或者什么团体，从几百里路以外，用汽车运来了肥羊，就在池边乱石堆中屠宰，鲜血溅地，赤如桃花；而且就地剥皮剔肉，把滴着鲜血的羊皮晒在石头上。在石旁支上大锅，做起手抓饭来。碧水池畔，炊烟滚滚；白山脚下，人声喧哗。那些带着酒瓶和乐器的人，又吃又喝，载歌载舞，划拳之声，震响遐迩。卖天山雪莲的人，也挤在里面，大凑其热闹。连那些哈萨克人放牧的牛，没有人管束，也挤在人群中，尖着一双角，摇着尾巴，横冲直撞，旁若无人。我想，不但这些牛心中眼中没有什么雪峰天池，连那些人，心中眼中也同样没有什么雪峰天池。他们眼中看到的只是一碗手抓羊肉，一杯美酒。他们不过是把吃手抓羊肉的地方调换一下而已。我仿佛看到雪峰在那里蹙眉，天池在那里流泪……

至于我们自己，我们从远方来的人却是心中只有天池，眼中只有雪山。我恨不能把这白山绿水搬到关内，让广大的人民共饱眼福。这当然是不可能的。我只有瞪大了眼睛，看着天池和雪峰，我想用眼睛把它们搬走。我看着，看着，眼前的景色突然变幻。王母娘娘又回来了。她正驾着青鸾，飞翔在空中，仙酒蟠桃，翠盖云旗，随从如云，侍女如雨，飞过雪峰，飞过青松，就停留在天池上面。"于是屏翳收风，川后静波，冯夷鸣鼓，女娲清歌。腾文鱼以警乘，鸣玉銮以偕逝。六龙俨其齐首，载云车之容裔。鲸鲵踊而夹毂，水禽翔而为卫。"此时云霞满天，彩虹如锦，幻成一幅五色缤纷的画图。

但是，幻象毕竟只是幻象。一转瞬间，一切都消逝无余。展现在眼前的仍然是碧波荡漾的天池、郁郁葱葱的青松、闪着白光的雪峰和熙攘往来的人群。这时候，日头已经有点偏西，雪峰的阴影似乎就要压了下来。是我们下山的时候了。我们又沿着盘山公路，驶下山去。走到小天池的时候，回望雪峰，在大天池只能看到两座峰顶，这里却看到了五座，白皑皑，亮晶晶，刺入蔚蓝无际的晴空。

1979 年 8 月 3 日写于乌鲁木齐野营地

1980 年 5 月 14 日改毕于北京

火焰山下

从前读《西游记》，读到火焰山，颇震惊于那火势之剧烈。后来，听人说，火焰山影射的就是吐鲁番。可是吐鲁番我以前从未到过，没有亲身感受，对于火焰山我就只有幻想了。

万没有想到，我今天竟来到火焰山下。

火焰山果然名不虚传。在乌鲁木齐，夜里看电影，须要穿上棉大衣。然而，汽车从乌鲁木齐开出，开过达坂城，再往前走一段，一出天山山口，进入百里戈壁，迎面一阵热风就扑向车内，我们仿佛一下子落到蒸笼里面；而且是越走越热。中午到了吐鲁番县，从窗子里看出去，一片骄阳，闪耀在葡萄架上，葡萄的肥大的绿叶子好像在喘着气。有人告诉我，吐鲁番的炎热时期已经过去；我们来的前两天，气温是四十多摄氏度；今天已经"凉爽"得多了，只有三十九摄氏度。但是，从我自己的亲身感受中，同乌鲁木齐比较起来，吐鲁番仍然是名副其实的火焰山。

这让我立刻想到了非洲的马里。我曾在最热的时期访问过那个国家，气温是五十多摄氏度。我们被囚在有空调设备的屋子里，从双层的玻璃窗子看出去，院子里好像是一片火海。阳光像是在燃烧，不是像在吐鲁番一样燃烧在葡萄架上，而是燃烧在参天的杧果树上。杧果树也好像在喘着气。树下当然是有阴影的；但是连那些阴影看上去也决不给人以清凉的感觉，而仿佛是火焰的阴影。

我眼前的吐鲁番俨然就是第二个马里。

我们就在类似马里那样炎热的一个下午驱车近百里去探望高昌古城的遗址。

一走出吐鲁番县，又是百里戈壁，寸草不生，遍布砂粒，极目天际，不见人烟。阳光毫无遮拦地照射在这些砂粒上，每一粒都闪闪发光，仿佛在喷着火焰。远处是一列不太高的山，这就是那有名的火焰山。上面没有一点绿的东西，没有一点有生命的东西。石头全是赤红色的，从远处望过去，活像是熊熊燃烧着的火焰，这不是人间的火，也不是神话中的天堂里的火和地狱之火。这是火焰已经凝固了的火，纹丝不动，但却猛烈；光焰不高，但却团聚。整个天地，整个宇宙仿佛都在燃烧。我们就处在上达苍穹下抵黄泉的大火之中。

我从前读《西游记》，读到那一段关于火焰山的描绘，我只不过觉得好玩而已。书上描绘说，离开火焰山不远，房舍的瓦都是红的，门是红的，板榻也是红的，总之是一切都是红的，连卖切糕的人推的车子也是红的。那里"有八百里火焰，四周围寸草不生。若过得山，就是铜脑盖、铁身躯，也要化成汁哩"。八百里当然是夸大之词；但是在我眼前，整个山全是红的，周围寸草不生，这些全是实情。我现在毫无好玩的感觉。我只有一个渴望，一个十分迫切的渴望，渴望得到铁扇公主那一把芭蕉扇，用手一扇，火焰立刻熄灭，清凉转瞬降临。

我现在很不理解，为什么当年竟在这样一个地狱似的酷热的地方建筑了高昌城。唐朝的高僧玄奘到印度去求法，曾经路过高昌。《大慈恩寺三藏法师传》里面，对他在高昌的情况有细致生动的描绘。这里讲到了城门，讲到了王宫，讲到了王宫中的重阁，讲到了王宫旁边的道场。虽然没有讲到市廛的情况，但是有上述的那些地方，则王宫之外，必然是市廛林立，行人熙攘。每当黄昏时分，夜幕渐渐笼罩住大漠，黑暗弥漫于每一个角落，跋涉过千山万水，横绝大戈壁的商队迤逦入城，驼铃叮当，敲碎了黄昏的寂静。每一间黄土盖成的房子里也必然有淡黄的灯光流出，把窄窄的长街照得朦胧虚幻，若有若无……但是今天我们来到这里，早已面目全非，城市的轮廓大体可见，城门和街道历历可指。然而看到的却只有断壁颓垣，而且还不同于一般的断壁颓垣。这里根本没有砖瓦，所有的建筑——皇宫、佛寺、大厅、住宅，统统是黄土堆成。这种黄土坚硬似铁，历千年而不变，再加上这里根本很少下雨，因此这一座黄泥堆成的城才能保存到今天。我们今天看到的是一片淡黄，没有一棵树，没有一根草。"春风不度玉门关"，春天好像已经被锁在关内，这里与春天无份了。

在这里，我无论如何也想象不出，当年玄奘来到这里是什么情景。我想象不出，他是怎样同麹文泰会面，是怎样同麹文泰的母亲会面的。他在这里住了一段时间，大概每天也就奔波于一片淡黄之中。麹文泰也像后来唐太宗一样想劝玄奘还俗。玄奘坚持不动，甚至以绝食至死相威胁，终于感动了麹文泰母子，放玄奘西行。这是多么热烈的人类生活的场面。然而今天这一些都到哪里去了呢？我一时忍不住发思古之幽情，前不见古人，后不见来者。但是我却并没有独怆然而泪下。在历史的长河中，人人都是这样，后之视今亦犹今之视昔。我丢开了这种幽情，抬眼四望，这一座黄土古城的断壁颓垣顿时闪出了异样的光辉。

第二天，我们又在同样酷热的天气中去凭吊交河古城。这座古城正处在同高昌相反的方向。从表面上看上去，它同高昌几乎没有什么不同之处：一样是黄土堆成的断壁颓垣，一样是寸草不生，一样是一片淡黄。"西风残照，汉家陵阙"，一样能引起人们的思古之幽情。但是，从环境上来看，却与高昌迥乎不同。"交河"这个名称就告诉我们，它是处在两河之交的地方。从残留的城墙上下望，峭壁千仞，下有清流，绿禾遍野，清泉潺湲。我从前读唐代诗人李颀的诗《古从军行》："白日登山望烽火，黄昏饮马傍交河。行人刁斗风沙暗，公主琵琶幽怨多。野云万里无城郭，雨雪纷纷连大漠。胡雁哀鸣夜夜飞，胡儿眼泪双双落。"我无论如何也想象不出，交河究竟是什么样子。今天亲身来到交河，一目了然，胸无阻滞，我那思古之幽情反而慢慢暗淡下去，而对古人所说的"读万卷书，行万里路"由衷地钦佩起来了。

就这样，我在吐鲁番住了几天，两天看了两座历史上有名的古城。这两座名城同火焰山当然不一样，但是其炎热的程度却只能说是不相上下。我上面讲到的看到火焰山时的那一个渴望得到铁扇公主芭蕉扇的幻想，时时萦绕在我脑际，一刻也不想离去。然而我的理智却让我死心塌地地相信，那只是幻想，世界上哪里会有什么铁扇公主，哪里会有什么芭蕉扇？吐鲁番这地方注定是火焰山的天下了。

然而，到了黄昏时分，当我们凭吊完古城乘车回宾馆的时候，招待我们的主人提出来要到葡萄沟去转一转。我根本不知道，葡萄沟是什么样子。"去就去吧！"我在心里平静地想，我万万没有想到，在这个地方，在这个时候，能会出现什么奇迹。

可是，汽车转了几转，奇迹就在眼前出现了。

两行参天的杨树整整齐齐地排在大路两旁，潺潺的水声透过杨树传了出来。浓密的葡萄架散布在小溪岸边，杨柳树下。这里绿意葱茏，浓荫四布。身上还感到有一些凉意。我一下子怔住了：我现在是在火焰山下吗？是不是真有人借来了铁扇公主的芭蕉扇把火焰扇灭了呢？我自凝神细看：绿杨葡萄，清泉潺湲，丝毫也不容怀疑。我来到葡萄沟了。

车子开上去，最后到了一座花园。园子里长满葡萄，小溪萦绕。山脚下有一个小池子，泉水从石缝中流出，其声清脆。有一群红色游鱼在池中摇摆着尾巴游来游去。我们坐在葡萄架下，品尝着有名的新疆葡萄。此时凉意渐浓，仿佛一下子从酷热的三伏来到凉爽的深秋，火焰山一下子变成了清凉世界。看来，铁扇公主的那一把芭蕉扇在唐代大概是缺少不了的。但是，到了今天，已经换了人间，这扇子就没有作用了。

新疆毕竟是一块宝地，有火焰山，也有葡萄沟，而葡萄沟偏偏就在火焰山下。这就是我们的吐鲁番，这就是我们的新疆。

1979 年 8 月 26 日在库车写成初稿

1980 年 4 月 22 日在北京修改完成

在敦煌

刚看过新疆各地的许多千佛洞，在驱车前往敦煌莫高窟千佛洞的路上，我心里就不禁比较起来：在那里，一走出一个村镇或城市，就是戈壁千里，寸草不生；在这里，一离开柳园，也是平野百里，禾稼不长；然而却点缀着一些骆驼刺之类的沙漠植物，在一片黄沙中绿油油地充满了生意，看上去让人不感到那么荒凉、寂寞。

我们就是走过了数百里这样的平野，最终看到一片葱郁的绿树，隐约出现在天际，后面是一列不太高的山冈，像是一幅中国水墨山水画。我暗自猜想：敦煌大概是来到了。

果然是敦煌到了。我对敦煌真可以说是"久仰大名，如雷贯耳"了。我在书里读到过敦煌，我听人谈到过敦煌，我也看过不知多少敦煌的绘画和照片。几十年梦寐以求的东西如今一下子看在眼里，印在心中，"相见翻疑梦"，我似乎有点怀疑，这是否是事实了。

敦煌毕竟是真实的。它的样子同我过去看过的照片差不多，这些我都是很熟悉的。此处并没有崇山峻岭，幽篁修竹，有的只不过是几个人合抱不过来的千岁老榆，高高耸入云天的白杨，金碧辉煌的牌楼，开着黄花、红花的花丛。放在别的地方，这一切也许毫无动人之处；然而放在这里，给人的印象却是沙漠中的一个绿洲，戈壁滩上的一颗明珠，一片淡黄中的一点浓绿，一个不折不扣的世外桃源。

至于千佛洞本身，那真是琳琅满目，美不胜收，五光十色，云蒸霞蔚。无论用多么繁缛华丽的语言文字，不管这样的语言文字有多少，也是无法描绘，无法形容的。这里用得上一句老话了："只能意会，不能言传。"洞子共有四百多个，大的大到像一座宫殿，小的小到像一个佛龛。几乎每一个洞子里都画着千佛的像。洞子不论大小，墙壁不论宽窄，无不满满地画上了壁画。艺术家好像决不吝惜自己的精力和颜料，决不吝惜自己的光阴和生命，把墙壁上的每一点空间，每一寸的空隙，都填得满满的，多小的地方，他们也决不放过。他们前后共画了一千年，不知流出了多少汗水，不知耗费了多少心血，才给我们留下了这些动人心魄的艺术瑰宝。有的壁画，就暴露在光天化日之下，经过了一千年的风吹、雨打、日晒、沙浸，但彩色却浓郁如新，鲜艳如初。想到我们先人的这些业绩，我们后人感到无比的兴奋、震惊、感激、敬佩，这难道不是很自然的吗？

我们走进了洞子，就仿佛走进了久已逝去的古代世界，甚至古代的异域世界；仿佛走进了神话的世界，童话的世界。尽管洞内洞外一点声音都没有，但是看到那些大大小小的雕塑，特别是看到墙上的壁画：人物是那样繁多，场面是那样富丽，颜色是那样鲜艳，技巧是那样纯熟，我们内心里就不禁感到热闹起来。我们仿佛亲眼看到释迦牟尼从兜率天上骑着六牙白象下降人寰，九龙吐水为他洗浴，一下生就走了七步，口中大声宣称："天上天下，唯我独尊。"我们仿佛看到他读书、习艺。他力大无穷，竟把一只大象抛上天空，坠下时把土地砸了一个大坑。我们仿佛看到他射箭，连穿七个箭靶。我们仿佛看到他结婚，看到他出游，在城门外遇到老人、病人、死人与和尚，看到他夜半乘马逾城逃走，看到他剃发出家。我们仿佛看到他修苦行，不吃东西，修了六年，把眼睛修得深如古井。我们又仿佛看到他翻然改变主意，毅然放弃了苦行，吃了农女献上的粥，又恢复了精力，走向菩提树下，同恶魔波旬搏斗，终于成了佛。成佛后到处游行，归示，度子，年届八旬，在双林涅槃。使我们最感兴趣、给我们印象最深的是那许许多多的涅槃的画。释迦牟尼已经逝世，闭着眼睛，右胁向下躺在那里。他身后站着许多和尚和俗人。前排的人已经得了道，对生死漠然置之，脸上毫无表情地站在那里。后排的人，不管是国王，各族人民，还是和尚、尼姑，因为道行不高，尘欲未去，参不透生死之道，都号啕大哭，有的捶胸，有的打头，有的击掌，有的顿足，有的撕发，有的裂衣，有的甚至昏倒在地。我们真仿佛听到哭声震天，看到泪水流地，内心里不禁感到震动。最有趣的是外道六师，他们看到主要敌手已死，高兴得弹琴、奏乐、手舞、足蹈。在盈尺或盈丈的墙壁上，宛然一幅人生哀乐图。这样的宗教画，实际上是人世社会的真实描绘。把千载前的社会现实，栩栩如生地搬到我们今天的眼前来。

在很多洞子里，我们又仿佛走进了西方的极乐世界，所谓净土。在这个世界里，阿弥陀佛巍然坐在正中。在他的头上、脚下、身躯的周围画着极乐世界里各种生活享受：有伎乐，有舞蹈，有杂技，有饮馔。好像谁都不用担心生活有什么不足，衣来伸手，饭来张口。而且这些饮食和衣服，都用不着人工去制作。到处长着如意神树，树枝子上结满了各种美好的饮食和衣着，要什么，有什么，只须一伸手一张口之劳，所有的愿望就都可以满足了。小孩子们也都兴高采烈，他们快乐得把身躯倒竖起来。到处都是美丽的荷塘和雄伟的殿阁，到处都是快活的游人。这些人同我们这些凡人一样，也过着世俗的生活。他们也结婚。新郎跪在地上，向什么人叩头。新娘却站在那里，羞答答不肯把头抬。许多参加婚礼的客人在大吃大喝。两只鸿雁站在门旁。我早就读过古代结婚时有所谓"奠雁"的礼节，却想不出是什么情景。今天这情景就摆在我眼前，仿佛我也成了婚礼的参加者了。他们也有老死。老人活过四万八千岁以后，自己就走到预先盖好的坟墓里去。家人都跟在他后面，生离死别。虽然也有人磕头涕哭，但是总起来看，脸上的表情却都是平静的、肃穆的，好像认为这是人生规律，无所用其忧戚与哀悼。所有这一切世俗生活的绘画，当然都是用来宣扬一个主题思想：不管在什么样的生活环境中，只要一心念阿弥陀佛，就可以往生净土，享受天福。这当然都是幻想，甚至是欺骗。但是艺术家的态度是认真的，他们的技巧是惊人的。他们仔细地描，小心地画，结果把本是虚无缥缈的东西画得像真实的事物一样，生动活泼地、毫不含糊地展现在我们眼前，让我们对于历史得到感性认识，让我们得到奇特美妙的艺术享受。艺术家可能真正相信这些神话的，但是这对我们是无关重要的，重要的是他们的画。这些画画得充满了热情，而且都取材于现实生活。在世界各国的历史上，所有的神仙和神话，不管是多么离奇荒诞，他们的模特儿总脱离不开人和人生，艺术家通过神仙和神话，让过去的人和人生重现在我们眼前。我们探骊得珠，于愿已足，还有什么可以强求的呢？

最使我吃惊的是一件小事：在这富丽堂皇的极乐世界中，在巍峨雄伟的楼台殿阁里，却忽然出现了一只小小的老鼠，鼓着眼睛，尖着尾巴，用警惕狡诈的目光向四下里搜寻窥视，好像见了人要逃窜的样子。我很不理解，为什么艺术家偏偏在这个庄严神圣的净土里画上一只老鼠。难道他们认为，即使在净土中，四害也是难免的吗？难道他们有意给这万人向往的净土开上一个小小的玩笑吗？难道他们有意表示即使是净土也不是百分之百的纯洁吗？我们大家都不理解，经过推敲与讨论，仍然是不理解。但是我们都很感兴趣，认为这位艺术家很有勇气，决不因循抄袭，决不搞本本主义，他敢于石破天惊地去创造。我们对他都表示敬意。

在许多洞子里，我们还看到了许多经变，什么法华经变，楞伽经变，金光明经变，如此等等。艺术家把经中的许多章节，不是根据经文，而是根据变文，用绘画的形式表现出来。在这些经变里，法华经普门品似乎是最受欢迎的一品。普门品说，谁要是一心称观世音菩萨的名，入大火，大火不能烧；入大水，大水不能漂；入海求宝遇到黑风，船飘堕罗刹国，可以解脱罗刹之难；遭迫害临刑，刑刀段段坏；女子求生男孩，就可以生福德智慧之男；求生女孩，就可以生端正有相之女。总之，威灵显赫，有求必应。画上最多的是临刑刀寸寸断的情景。这似乎是最能形象地表现观音菩萨的法力的一个题材。但是我们也可以看到许多描绘人民生活和生产的情景。一个农民赶着耕牛去耕地。许多小手工业者坐在那里制作什么东西。人们在家里面安静地宴客。人们在花园中游乐。人们到灞桥去送别亲友，折杨柳为赠。我曾在不知多少唐诗中读到这情景，今天才第一次在绘画上看到。最有意思的、最耐人寻味的是许多绘画，画的是人们大便的情景，刷牙的情景，据我所知道的，在世界各国任何时代的任何绘画中都难找到这样的绘画。这好像也成了绘画的禁区。然而我们的艺术家却有勇气冲破

在敦煌

这不成文而事实上却存在的禁区，把这种细微并不那么太雅观的情景画给我们看。除了佩服以外，我还能说些什么呢？此外，描绘舞蹈的场面和杂技的场面，也是非常动人的。一个个乐队，一个个乐工，手中执着各种各样的乐器，什么箫、笛、筝、琴、箜篌、排箫、阮咸、琵琶，还有尺八，神情是这样逼真，人物是这样细致，我们耳中仿佛能听到各种乐器和谐的弹奏声，静静的洞子一时喧闹起来。舞蹈的场面也很动人。男女舞人，翩翩起舞，有人甩着长大的袖子，有人动作非常强烈，所谓"胡旋舞"大概就是这个样子吧。我们看到的虽然不是真正舞蹈，而只是绘画，但是我们也恍然感到"观者如山色沮丧，天地为之久低昂。㸌如羿射九日落，矫如群帝骖龙翔，来如雷霆收震怒，罢如江海凝清光"。至于杂技，更是动人心魄。一个演员站在那里，头上顶着长竿，竿顶上站着一个人，人头顶上还站着一个小孩子。看那摇摇欲坠的样子，我们不禁为画上的古人担忧起来。然而，不要怕，两旁还站着两个人哩。他们好像是为了防备万一而站在那里。虽然都戴着纱帽，斯斯文文的，看来好像也蛮有把握。我们可以放心了。前面坐着一些人，这大概就是观众。画面上人数不算多，但看上去却热闹得很。在古代文化交流中，音乐、舞蹈和杂技，好像是占着突出的地位。在新疆的许多千佛洞中，这样的场面也是随时可见的。

在所有的经变中，维摩诘经变是最常见的。这一部经在唐代大概非常流行、非常受欢迎的。唐代一个姓王的大诗人，取名维，字摩诘，合起来就是维摩诘，就是一个很好的证明。我们在很多洞子里，都看到关于维摩诘的壁画。尽管大小不同，洞子不同；但是他的形象却基本上是一致的。维摩诘手执麈尾或者扇子，傲然地斜坐在一张床上，眼神嘴角流露出一副能言善辩、轻蔑藐视的神态。这一部经本身就是一部很好的长篇小说，讲的是一个佛教的居士，名叫维摩诘，唐玄奘译为无垢称。他深通佛法，辩才无碍。有一次他病了，如来佛派大弟子舍利弗去问疾。舍利弗吃过他辩才的苦头，有点发怵不敢去。佛又派大目犍连、大迦叶、须菩提、富楼那多罗尼子、摩诃迦旃延、阿那律、优波离、罗睺罗、阿难、弥勒菩萨、善德等等去，但是谁也没有胆量去。最后文殊师利膺命前往。维摩诘以神力空其室内，只留下了一张床，他生病坐在上面。于是二人展开了一场辩才战。诸菩萨、大弟子、群释、四天王等都赶来瞧热闹。后来舍利弗和大迦叶也赶了来。最后文殊师利和维摩诘一起来见佛。这一篇小说似的经文以如来把正法付嘱于弥勒佛而结束。小说本身内容很丰富，辩论很激烈，描绘很生动，对话很犀利。壁画更发展了这一部经文，把故事画得热闹非常、生动活泼，具有极大的感染力。维摩诘仿佛就要从床上站立起来，而且要走下墙来，同我们展开一场唇枪舌战……

在许多洞子里，除了神话故事以外，还画着许多世俗画。开洞的窟主往往把自己以及一家人都画在墙上。有时候画上一队男官人，前面的几个都是秃头的和尚；一队贵妇前面几个是秃头的尼姑。这是本家庭里面出家的人，是他们的光荣，是他们的骄傲，所以才被画在前面。这些男女贵人排成队，好像要向佛爷走去。他们为什么要把自己的像画在这千佛洞里呢？是为了宗教功德吗？还是为了永垂不朽？恐怕二者都有一点吧。最引人注目的是张义潮出游图。唐代这一个独霸一方的大军阀、大官僚，在河西一带很有势力，很有影响，他一跺脚，整个河西走廊都会震动。他的家族开凿了不少的洞子，在一个洞子里就画着自己出游的情景。他自己巍然骑在马上，前面是部队开路，也都骑着马，有的手里拿着乐器，有的手里举着旗帜。拿乐器的正在猛吹猛奏，好像是要行人回避，也好像是在为军容壮声威。后面跟的是成群的扈从，都是宽衣博带，雍容华贵。乐器中除了喇叭等之外，还有画角，我从小念唐诗，不知多少次碰到"画角"这个字眼，但是始终没有见过画角是什么样子。今天见面，宛如故友重逢，分外感到亲切。总之，这一幅一千多年前的出游行乐图，色彩鲜艳地、生动活泼地摆在我们眼前。当时的情景跃然壁上。我们今天站在下面看壁画的人，恍惚间成了当时站在路旁的旁观者，看人马杂沓，车如流水，乐声喧腾，尘土飞扬，好像正从墙壁的一端走向另一端，转瞬即逝。

在一个洞子里，我们还看到一幅巨大的五台山图。既然是五台山，当然与宣扬文殊菩萨是分不开的。但是我们今天看到的却是一幅用绘画形式表现出来的地图和人民生活图。这幅图上画的是从镇州（正定）一直到并州（太原）旅途的情景。这条绵延数百里的路是同绵延数百里的五台山分不开的。这座大山峰峦起伏，山头林立，宛如雨后的春笋一般。山上的名刹都画出了房舍，标出了名字。山下则是一条商路。商人们熙熙攘攘，车水马龙，牲口背上驮着货物，匆匆忙忙向前趱行。旅途是遥远的，就必然要有住宿的客店。于是在图上许多地方都画着客店。店主人、店小二在热情地招呼客人，客人则是出出进进，热闹非常。我们今天的中国青年，甚至中年老年，习惯于住北京饭店、国际饭店一类的高楼大厦，对古代商人旅人行路困难丝毫没有认识。读到"鸡声茅店月，人迹板桥霜"，还有什么"夕阳西下，断肠人在天涯"，也许还能引起一些遐思，但是决不会引起同情，我们对那种生活已经非常非常隔膜了。但是这一幅五台山图，会把我们带回到当年的生活环境中去，让我们做一个思古的梦。从这个意义上来讲，这一幅壁画无疑是我们的国宝之一。当年有一个帝国主义国家要出十万美元，收买这一幅壁画，没有得逞，否则我们的这件国宝早已到了波士顿博物馆之类的地方去了。岂不惜哉！

在另外一些洞子里，我们还看到一些和尚西行求法的壁画。这也是必然的。开凿这些洞子主要的是为了宣扬佛教。"千佛洞"这个名词本身就说明了一切。佛教来自印度，这里画着许多出生在印度的佛爷和菩萨，是很自然的。但是如果没有中国和尚到印度去取经，没有印度和尚到中国来送经，佛教是决不会自己走了来的。因此，我们总是期望，在某一些洞子里能够看到中国西行求法的和尚，事实上也正是这样，我们看到了，而且看到的还不少。一提到西行求法，谁都会立刻就想到唐代高僧玄奘。在一个洞子里，我们确实看到了唐僧取经的壁画。这是一幅水月观音的巨大的壁画，水月观音巨大的身躯几乎占满了全壁。他身上衣着金碧辉煌，头上冠冕富丽堂皇。令人吃惊的是，他嘴上居然还留着一撮小胡子。他神态倨傲又慈悲，伸脚坐在那里。在壁画的右下角一块小小的地方画着玄奘，双手合十站在一个悬崖上，面向水月观音，好像就正向他致敬。他身后是大徒弟孙悟空，手里牵着那一匹小白龙变成的马。二徒弟猪八戒和三徒弟沙僧跑到哪里去了呢？看样子他们并没有去寻山探路，也不是去托钵求斋，他们还站在壁画外面，正在向着壁画里走哩。

　　同求法高僧有联系的是商人。宗教按理说是出世的，和尚尼姑是不许触摸金银的。而"商人重利轻别离"，他们总是想赚大钱的。他们之间是风马牛不相及的，哪里会有什么联系呢？但是所有在中国境内的千佛洞都是开凿在丝绸之路沿线的，丝绸之路顾名思义是一条商业大道。这就有力地说明了二者间的密切关系。在印度佛教史上，从佛祖释迦牟尼开始，就同商人有亲密的往来，和尚和商人，不但相辅相成，而且相依为命。所以丝绸之路，同时也是宗教之路。中国、印度和其他国家的高僧很大一部分是走丝绸之路来往的。因此，在千佛洞里除了求法高僧外，看到商人的壁画，也是很自然的。在新疆拜城克孜尔千佛洞中，我曾在一壁佛画的中间一小块空隙中看到一个穿伊朗服装的商人，赶着几匹骆驼，上面驮着中国出产的丝，正在走路的样子。一个佛爷站在旁边，好像把自己的右手的两个指头像点蜡烛一样点了起来，发出万丈光芒，照亮了丝绸之路。这幅壁画的用意是再清楚不过的，这里用不着多说。在敦煌的千佛洞里，丝绸之路也有所表现。贩运丝绸的中外商人，赶着骆驼和马，向西方迈进。沙路茫茫，前途万里，而商人毫不气馁。有的地方画着商人在路上走路的情况。路大概是很难走，马走得乏了，再也不想前进，于是一个商人在前面用力牵，另一个商人在后面拼命地用鞭子抽打，人忙马嘶的情景宛在目前，宛在耳边。还有不少地方画着商人遇劫的情况。一些绿林豪客手执明晃晃的钢刀，耀武扬威地挡在那里。商人们则卑躬屈膝，甚至跪在地上求饶，觳觫之状可掬，他们仿佛是在对话，声音就响在我们耳边。可见，虽然有佛光照亮万里长途，但人间毕竟是人间，行路难之叹，唐代诗人早就发出来了，何况是漫漫数万里呢？至于海上商路，虽然不在丝绸之路上，但是我们的艺术家也不放过。我们在几个地方都看到航海的商船。船并不大，上面画着几个人，好像都已经把船占满了，有点象征主义的味道。但是船外的海涛决不含糊地告诉我们，这是漂洋过海的壮举。为什么在万里之外的甘肃新疆大沙漠里，竟然画到海上贸易呢？这一点，我还不十分清楚，也还要推敲而且研究。

总之，洞子共有四百多个，壁画共有四万多平方米，绘画的时间绵延了一千多年，内容包括了天堂、净土、人间、地狱、华夏、异域、和尚、尼姑、官僚、地主、农民、工人、商人、小贩、学者、术士、妓女、演员、男、女、老、幼，无所不有。在短短的几天之内，我仿佛漫游了天堂、净土，漫游了阴司、地狱，漫游了古代世界，漫游神话世界，走遍了三千大千世界，攀登神山须弥山，见到了大梵天、因陀罗，同四大天王打过交道，同牛首马面有过会晤，跋涉过迢迢万里的丝绸之路，漂渡烟波浩渺的大海大洋，看过佛爷菩萨的慈悲相，听维摩诘的辩才无碍。我脑海里堆满色彩缤纷的众生相，错综重叠，突兀峥嵘，我一时也清理不出一个头绪来。在短短几天之内，我仿佛生活了几十年。在过去几十年中，对于我来说是非常抽象的东西，现在却变得非常具体了。这包括文学、艺术、风俗、习惯、民族、宗教、语言、历史等等领域。我从前看到过唐代大画家阎立本的帝王图，李思训的金碧山水，宋朝朱襄阳朱点山水，明朝陈老莲的人物画，大涤子的山水画，曾经大大地惊诧于这些作品技巧之完美，意境之深邃，但在敦煌壁画上，这些都似乎是司空见惯，到处可见。而且敦煌壁画还要胜它们一筹：在这里，浪漫主义的气氛是非常浓的。有的画家竟敢画一个乐队，而不画一个人，所有的乐器都系在飘带上，飘带在空中随风飘拂，乐器也就自己奏出声音，汇成一个气象万千的音乐会。这样的画在中国绘画史上，甚至在别的国家的绘画史上能够找得到吗？

不但在洞子里我们好像走进了久已逝去的古代世界，就是在洞子外面，我们倘稍不留意，就恍惚退回到历史中去。我们游览国内的许多名胜古迹时，总会在墙壁上或树干上看到有人写上的或刻上的名字和年月之类的字，什么某某人何年何月到此一游。这种不良习惯我们真正是已经司空见惯，只有摇头苦笑。但要追溯这种行为的历史那恐怕是古已有之了。《西游记》上记载着如来佛显示无比的法力，让孙悟空在自己的手掌中翻筋斗，孙悟空翻了不知多少十万八千里的筋斗，最后翻到天地尽头，看到五根肉红柱子，撑着一股青气。为了取信于如来佛，他拔下一根毫毛，吹口仙气，叫"变！"，变作一管浓墨双毫笔。在那中间柱子上写一行大字云："齐天大圣，到此一游。"还顺便撒了一泡猴尿。因此，我曾想建议这一些唯恐自己的尊姓大名不被人知、不能流传的善男信女，倘若组织一个学会时，一定要尊孙悟空为一世祖。可是在敦煌，我的想法有些变了。在这里，这样的善男信女当然也不会绝迹。在墙壁上题名刻名到处可见，这些题刻都很清晰，仿佛是昨天才弄的。但一读其文，却是康熙某年，雍正某年，乾隆某年，已经是几百年以前的事了。当我第一次看到的时候，我不禁一愣：难道我又回到康熙年间去了吗？如此看来，那个国籍有点问题的孙悟空不能专"美"于前了。

我们就在这样一个仿佛远离尘世的弥漫着古代和异域气氛的沙漠中的绿洲中生活了六天。天天忙于到洞子里去观看。天天脑海里塞满了五光十色丰富多彩的印象，塞得是这样满，似乎连透气的空隙都没有。我虽局处于斗室之中，却神驰于万里之外；虽局限于眼前的时刻之内，却恍若回到千年之前。浮想联翩，幻影沓来，是我生平思想最活跃的几天。我曾想到，当年的艺术家们在这样阴暗的洞子里画画，是要付出多么大的精力啊！我从前读过一部什么书，大概是美术史之类的书，说是有一个意大利画家，在一个大教堂内圆顶天篷上画画，因为眼睛总要往上翻，画了几年之后，眼球总往上翻，再也落不下来了。我们敦煌的千佛洞比意大利大教堂一定要黑暗得多，也要狭小得多，今天打着手电，看洞子里的壁画，特别是天篷上藻井上的画，线条纤细，着色繁复，看起来还感到困难，当年艺术家画的时候，不知道有多少困难要克服。周围是茫茫的沙碛，夏天酷暑，而冬天严寒，除了身边的一点浓绿之外，放眼百里惨黄无垠。一直到今天，饮用的水还要从几十里路外运来，当年的情况更可想而知。在洞子里工作，他们大概只能躺在架在空中的木板上，仰面手执小蜡烛，一笔一笔地细描细画。前不见古人，我无法见到那些艺术家了。我不知道他们的眼睛也是否翻上去再也不能下来。我不知道是一种什么力量在支撑着他们，在那样艰苦的条件下给我们留下了这样优美的杰作，惊人的艺术瑰宝。我们真应该向这些艺术家们致敬啊！

我曾想到，当年中国境内的各个民族在这一带共同劳动，共同生活，有的赶着羊群、牛群、马群，逐水草而居，辗转于千里大漠之中；有的在沙漠中一小块有水的土地上辛勤耕耘，努力劳作。在这里，水就是生命，水就是幸福，水就是希望，水就是一切，有水斯有土，有土斯有禾，有禾斯有人。在这样的环境中，只有互相帮助，才能共同生存。在许多洞子里的壁画上，只要有人群的地方，从人们的面貌和衣着上就可以看到这些人是属于种种不同的民族的。但是他们却站在一起，共同从事什么工作。我认为，连开凿这些洞的窟主，以及画壁画的艺术家都决不会出于一个民族。这些人今天当然都已经不在了。人们的生存是暂时的，民族之间的友爱是长久的。这一个简明朴素的真理，一部中国历史就可以提供证明。我们生活在现代，一旦到了敦煌，就又仿佛回到了古代。民族友爱是人心所向，古今之所同。看了这里的壁画，内心里真不禁涌起一股温暖幸福之感了。

我又曾想到，在这些洞子里的壁画上，我们不但可以看到中国境内各个民族的人民，而且可以看到沿丝绸之路的各国的人民，甚至离开丝绸之路很远的一些国家的人民。比如我在上面讲到如来佛涅槃以后，许多人站在那里悲悼痛苦，这些人有的是深目高鼻，有的是颧骨高而眼睛小，他们的衣着也完全不同。艺术家可能是有意地表现不同的人民的。当年的新疆、甘肃一带，从茫昧的远古起，就是世界各大民族汇合的地方。世界几大文明古国，中国、印度、希腊的文化在这里汇流了。世界几大宗教，佛教、伊斯兰教、基督教在这里汇流了。世界的许多语言，不管是属于印欧语系，还是属于其他语系，也在这里汇流了。世界上许多国家的文学、艺术、音乐，也在这里汇流了。至于商品和其他动物植物的汇流更是不在话下。所有这一切都在洞子里留下了不可磨灭的痕迹。遥想当年丝绸之路全盛时代，在绵延数万里的路上，一定是行人不断，驼、马不绝。宗教信徒、外交使节、逐利商人、求知学子，各有所求，往来奔波，绝大漠，越流沙，轻万生以涉葱河，重一言而之奈苑，虽不能达到摩肩接踵的程度，但盛况可以想见。到了今天，情势改变了，大大地改变了。出现在我们眼前的是流沙漫漫，黄尘滚滚，当年的名城——瓜州、玉门、高昌、交河，早已沦为废墟，只留下一些断壁颓垣，孤立于西风残照中，给怀古的人增添无数的诗料。但是丝路虽断，他路代兴，佛光虽减，人光有加，还留下像敦煌莫高窟这样的艺术瑰宝，无数的艺术家用难以想象的辛勤劳动给我们后人留下这么多的壁画、雕塑，供我们流连探讨，使世界各国人民惊叹不已。抚今追昔，我真感到无比的幸福与骄傲，我不禁发思古之幽情，觉今是昨亦是，感光荣于既往，望继承于来者，心潮起伏，感慨万端了。

薄暮时分，带着那些印象，那些幻想，怀着那些感触，一个人走出了招待所去散步。我走在林荫道上，此时薄霭已降，暮色四垂。朱红的大柱子，牌楼顶上碧色的琉璃瓦，都在熠熠地闪着微光。远处砂碛没入一片迷茫中，少时月出于东山之上，清光洒遍了山头、树丛，一片银灰色。我周围是一片寂静。白天里在古榆的下面还零零落落地坐着一些游人，现在却空无一人。只有小溪中潺潺的流水间或把这寂静打破。我的心蓦地静了下来，仿佛宇宙间只有我一个人。我的幻想又在另一个方面活跃起来。我想到洞子里的佛爷，白天在闭着眼睛睡觉，现在大概睁开了眼睛，连涅槃了的如来也会站了起来。那许多商人、官人、菩萨、壮汉，白天一动不动地站在墙壁上，任人指指点点，品头论足。现在大概也走下墙壁，在洞子里活动起来了。那许多奏乐的乐工吹奏起乐器，舞蹈者、演杂技者，也都摆开了场地，表演起来。天上的飞天当然更会翩翩起舞，洞子里乐声悠扬，花雨缤纷。可惜我此时无法走进洞子，参加他们的大合唱。只有站在黑暗中望眼欲穿，倾耳聆听而已。

在寂静中，我又忽然想到在敦煌创业的常书鸿同志和他的爱人李承仙同志，以及其他几十位工作人员。他们在这偏僻的沙漠里，忍饥寒，斗流沙，艰苦奋斗，十几年，几十年，为祖国，为人民立下了功勋，为世界上爱好艺术的人们创造了条件。敦煌学在世界上不是已经成为一门热门学科了吗？我曾到书鸿同志家里去过几趟。那低矮的小房，既是办公室、工作室、图书室，又是卧室、厨房兼餐厅。在解放了三十年后的今天，生活条件尚且如此之不够理想，谁能想象在解放前那样黑暗的时代，这里艰难辛苦会达到何等程度呢？门前那院子里有一棵梨树。承仙同志告诉我，他们在将近四十年前初到的时候，这棵梨树才一点点粗，而今已经长成了一棵粗壮的大树，枝叶茂密，青翠如碧琉璃，枝上果实累累，硕大无比。看来正是青春妙龄，风华正茂。然而看着它长起来的人却垂垂老矣。四十年的日日夜夜在他们身上不可避免地会留下了痕迹。然而，他们却老当益壮，并不服老，仍然是日夜辛勤劳动。这样的人难道不让我们每个人都油然起敬佩之情吗？

我还看到另外一个人的影子，在合抱的老榆树下，在如茵的绿草丛中，在没入暮色的大道上，在潺潺流水的小河旁。它似乎向我招手，向我微笑，"翩若惊鸿，宛如游龙；荣曜秋菊，华茂春松"，这影子真是可爱极了。我是多么急切地想捉住它啊！然而它一转瞬就不见了。一切都只是幻影。剩下的似乎只有宇宙和我自己。

剩下我自己怎么办呢？我真是进退两难，左右拮据。在敦煌，在千佛洞，我就是看一千遍一万遍也不会餍足的。有那样桃源仙境似的风光，有那样奇妙的壁画，有那样可敬的人，又有这样可爱的影子。从我内心深处我真想长期留在这里，永远留在这里。真好像在茫茫的人世间奔波了六十多年才最后找到了一个归宿。然而这样做能行得通吗？事实上却是办不到的。我必须离开这里。在人生中，我的旅途远远不到结束的时候，我还不能停留在一个地方。在我前面，可能还有深林、大泽、崇山、幽谷，有阳关大道，有独木小桥。我必须走上前去，穿越这一切。现在就让我把自己的身躯带走，把心留在敦煌吧。

1979年10月9日初稿

1980年3月3日定稿

登黄山记

　　早就听人说过："五岳归来不看山，黄山归来不看岳。"又经常遇到去过黄山的人讲述那里的奇景，还看到画家画的黄山，摄影家摄的黄山，黄山在我的心中就占了一个地位。我也曾根据那些绘画和摄影，再挽上点传闻，给自己描绘了一幅黄山图，挂在我的心头。我带着这样一幅黄山图曾周游国内，颇看了一些名山大川。五岳之尊的泰山，我曾凌绝顶，观日出。在国外，我也颇游览了一些国家，徜徉于日内瓦的莱茫湖畔，攀登了雪线以上的阿尔卑斯山，尽管下面烈日炎炎，顶上却永远积雪皑皑。所有这一切都是永世难忘的。但是我心中的那一幅黄山图，尽管随着游览的深广而多少有所修正，但毕竟还是非常美的，非常迷人的。

今天我就带着我心中的那一幅黄山图，到真正的黄山来了。

汽车从泾县驶出，直奔黄山。一路上，汽车蜿蜒绕行于万山丛中。我的幻想也跟着蜿蜒起来。眼前是千山万岭，绵延不绝；但是山峰的形象从远处看上去都差不多。远处出现了一个耸入晴空的高峰，"那就是黄山了吧！"我心里想。但是一转眼，另一个更高的山峰呈现在我的眼前，我只好打消了刚才的想法。如此周而复始，不知循环了多少遍。还有一个问题一直萦回在我的脑际：在这千山万岭中，是谁首先发现黄山这一个天造地设的人间仙境呢？是否还有另一个更美的什么山没有被发现呢？我的幻想一下子又扯到徐霞客身上。今天我们乘坐汽车来到这里，还感到有些疲惫不堪。当年徐霞客是怎样来的呢？他只能自己背着行李，至多雇上一个农民替他背着，自己手执藤杖，风餐露宿，踽踽独行于崇山峻岭中，夜里靠松明引路，在虎狼的嗥叫声中，慢慢地爬上去。对比起来，我们今天确实是幸福多了……

就这样，汽车一边飞快地行驶，我一边在飞快地幻想。我心里思潮腾涌，绵绵不断，就像那车窗外的绵延的万山一样。

汽车终于来到了黄山大门外。

一走进黄山大门，天都峰就像一团无限巨大的黑色云层，黑乎乎地像泰山压顶一般对着我的头顶压了下来，好像就要倒在我的头上。我一愣：这哪里是我心中的那个黄山呢？然而这毕竟是真实的黄山。我几十年蕴藏在心中的那一幅黄山图一下子烟消云散了。我心中怅然若有所失；但是我并不惋惜。应该消逝的让它消逝吧！我现在已经来到了真实的黄山。

从此以后，真实的黄山就像一幅古代的画卷一样，一幅一幅地、慢慢地展现在我的眼前。

出宾馆右行，经疗养院右转进山。山势一下子就陡了起来。我曾经听别人说过，从什么地方到什么地方是多少多少华里。在导游书上，我也看到了这样的记载。我原以为几华里几华里都是在平面上的，因此我对黄山就有了一些不正确的理解。现在，接触了实际，才知道这基本上是按立体计算的。在这里走上一华里，同平地上不大一样，费的劲儿要大得多。就是向上走上一尺，也要费上一点力气。没有别的办法，只好喘气流汗了。我低头看着脚下的台阶，右手使劲地拄着竹杖，一步一步地向上爬行。我眼睛里看到的只是台阶，台阶，台阶。有时候，我心里还数着台阶的数目。爬呀，数呀，数呀，爬呀，以为已经很高了。但是抬眼一看，更高、更陡、更多的台阶还在前面哩。想当年登泰山的时候，那里还有一个"快活三里"。这里却连一个快活三步都没有。但是，既来之，则安之，爬就是一切。

我到黄山来，当然并不是专为来走路的。我还是要看一看的。但是，在黄山，想看也并不容易。有经验的人说："走路不看山，看山不走路。"这确实是至理名言。这有点像鱼与熊掌的关系，不可得而兼之。谁要想"兼之"，那就有失足坠下万丈深涧的危险。我只在爬到了一定的阶段时，才停下脚步，小心地抬头向身后和左右看上一看，但见峭壁千仞，高岭入云，幽篁参天，苍松夹道，鸟鸣相和，蝉声四起。而且每看一次，眼前的情景都不一样，扑朔迷离，变幻万端。就连同一个地方，从不同的角度去看，都能看出不同的形象。从慈光阁看朱砂峰，看到天都峰上的金鸡叫天门。但是登上龙蟠坡，再抬头一看，金鸡叫天门就变成了五老上天都。在什么地方才能看到黄山真面目呢？我想，在什么地方也是看不到的。我很想改一改苏东坡的诗："横看成岭侧成峰，远近高低各不同。不识黄山真面目，即使身在此山中。"

我有时候也有新的发现，我简直觉得其中闪现着"天才的火花"，解人难得，我只有自己拍手（这里没有案）叫绝。比如，我看远山上的竹石树木，最初只觉得一片蓊郁。但细看却又有明暗之别。有的浓绿，有的淡绿。经过我再三研究揣摩，我才发现，明的是竹，暗的是松，所谓"苍松翠竹"，大概指的就是这个意思吧。我又想改陆游的两句诗："山穷水复疑无路，松暗竹明又一山。"

一想到陆游，我又想到了徐霞客。我们且看看他登上慈光寺以后是怎样看黄山的：

由此而入，绝巘危崖，尽皆怪松悬结；高者不盈丈，低仅数寸，平顶短鬣，盘根虬干，愈短愈老，愈小愈奇。不意奇山中又有此奇品也。

他看到了奇山，又看到了奇松。他看到的山同我们今天看到的几乎完全一样，这毫无可怪之处。但是他看到的松，有多少是我们今天还能看到的呢？"愈短愈老，愈小愈奇"，难道在这几百年的漫长时间内，它们就一点也没有长吗？就是起徐霞客于地下，我这样的问题恐怕也无法回答了。

我就是这样一边爬，一边看，一边改着古人的诗，一边想到徐霞客，手、脚、眼、耳、心，无不在紧张地活动着，好不容易才爬到了天都峰脚下。这是一个关键的地方，向右一拐，走不多远，就可以登上台阶，向着天都峰爬上去。天都峰是黄山的主峰。不到天都非好汉，何况那天险鲫鱼背我已经久仰大名，现在站在天都峰下，一抬头就可以看到，上面有蚂蚁似的人影在晃动，真是有说不出的诱惑力啊！但是一看到那一条直上直下的登山盘道，像一根白而粗的线绳一样悬在那里，要爬上去，还真需要有一把子力气呢。我知道，倘若给我半天的时间，登上去也是没问题的。可惜现在早已经过了中午，到我们今天的住宿的地方玉屏楼还有一段路要走。我再三斟酌，只好丢掉登天都峰的念头，这好汉看来当不成了。我一步三回头地向左一拐，拾级而上，一直爬到了一线天的门口。这时我们坐了下来，背对一线天口，脸朝前望，可以看到近在咫尺的蓬莱三岛。所谓蓬莱三岛只是三个石笋似的小山峰，上面长着几棵松树。下面是一片深不见底的山谷。据说，白云弥漫时，衬着下面的云海，它们确确实实像蓬莱三岛。但现在却是赤日当空，万里无云，我只能用想象力来弥补天公的不作美了。

一线天真正是名副其实。在两个峭壁中，只有一条缝隙，仅容人体，抬眼一看，只见高处露出一线光明，上面是蓝蓝的天，这一团光明就召唤着我们，奋勇前进。我们也就真的一个个精神抖擞，鼓足了余勇，爬了上去。低头从我们两条腿中间向后看去，还可以看到悬挂在天都峰上的那一条白练似的磴道。

登黄山记

过了一线天，再向右一拐就走上了玉屏楼，这里是从温泉到北海去的必由之路。一般人都是在这里过夜的。徐霞客时代，这里叫玉屏风。他在《游记》里写道："四顾奇峰错列，众壑纵横，真黄山绝胜处。"可见徐霞客对此处评价之高。原来这里有一座庙，叫作文殊院。古人曾说过："不到文殊院，没见黄山面。"这同徐霞客的意见是一致的。

这里有什么特点呢？这里是万山丛中一块比较平坦的地方，好像天造地设，就是一个理想的中途休息的地方。一转过山角，就能看到峭壁上长着一棵松树。提起此松，真是大大的有名。全中国人民和全世界人民大概都经常能看到它的形象。挂在人民大会堂里的那一幅叫作"迎客松"的照片，就是它。这棵松树的大名就叫作"迎客松"。许多来访的外国领导人，以及名人、学者会见中国领导人时，就在那个照片下面照相。你看它伸出双臂，其实是不知道多少臂，仿佛想同来游的人握手、拥抱，它那青翠的枝头仿佛能说出欢迎的语言，它仿佛就是黄山好客的象征，不，它实际上成了中国人民好客的象征。你若问它的高寿，那就很难说。它干并不粗，也不特别高，看样子它至多也不过几十年至百年，然而据人说，它挺立在这里已经有一千多年的历史了。这里山高风劲，夏有酷暑，冬有寒冰，然而它却至今巍然屹立，俊秀挺拔，苍翠欲滴，枝头笼烟，仿佛正当妙龄青春。我在这里祝它长寿！

至于玉屏楼本身，可看的东西并不多。只是因为此地处万山之中，抬眼四顾，前有大谷深壑，下临无地，上面有参天云峰，耸然并立。同前一段的地无三尺平的情况比较起来，当然显得空阔辽廓，快人心目。当白云弥漫时，云海苍茫，必然另有一番景色。可惜我们没有这个福气，只看到了一片干涸了的大海。在玉屏楼的右边，就是那一棵在名声上稍逊一筹的送客松。它也像迎客松一样，伸出了它那许多胳臂，好像向游客告别，祝他们身强体健，过一些时候再来黄山。我也祝它长寿！

我们就是在住宿一夜之后，怀着还要再回来的心情走过这一棵松树向黄山深处前进的。一走过送客松，山路就好像一反昨天上山时的规律，陡然下降，下降，下降，再下降，一直降到涧底。这一段路走起来非常舒服，似乎还要超过泰山的"快活三里"。我们虽低头走路，仍可以抬头望山。走过望客松，蒲团松，右边可以看到指路石，回头则见牛鼻峰上的犀牛望月。下到深涧涧底以后，一泓清泉，就在道旁，清澈见底，冷冽可饮。拿做文章来比，我们走这一段山路，好像是在作"承"的那一段，"起"得突兀，"承"得和缓，我们过了一段舒服的时光。

但是，再拿做文章来比，"承"过以后，就来了"转"，这一"转"，可真不得了。到了涧底，抬眼一看，前面是八百级的莲花沟。这八百级仿佛是直上直下，令人看了真有点发怵。实际上，往上攀登的时候，比在下面仰望时更令人感到可怕。我们面前好像只有这一条窄窄的石阶，只能向上，不能回转，"马行在夹道内，难以回马"，不管流多少汗，喘多少气，到此也只有奋勇攀登，再没有回旋的余地了。

皇天不负有心人。爬上了八百石阶，一转就到了莲花峰脚下。这一座莲花峰也是黄山主峰之一。从它的脚下上山好像比从天都峰脚下攀登天都峰要容易得多，只需往右一转，爬上几个台阶就可以达到峰顶。然而，正唯其觉得容易，也就失掉了吸引力。同时，我们今天的目标是到北海。我于是只在莲花峰下少坐片刻，抬头看到不远的峰顶上游人多如过江之鲫，然后左转走上前去。要说到黄山的险境，仿佛现在才算是开始。身右峭壁凌空，左边却是悬崖无地。山路是整修过的，在最危险的地方加了石头栏杆或铁链。但栏外就是危险境地，好像泰山上的阴阳界一样。走在这样的地方，连昨天奉行的

"看山不走路，走路不看山"的箴言都无法奉行，无已，只有一心一意埋头苦走而已。这里就是鼎鼎大名的万丈云梯，真可以说是名不虚传。但是，大自然最憎恨的是单调，它决不会让百步云梯成为千步云梯、万步云梯。过了百步云梯，又是一段比较平直的山路。此时我仿佛已经过了险关，大有闲情逸致，观赏山景。蓦抬头，在远处的山崖上，忽然看到"万绿丛中一点红"。此时正是盛夏，早过了春暖花开的时节。这一点红是哪里来的呢？我无法攀上悬崖去看，无从探索与研究。我只有沉入幻想中，幻想暮春四五月间，黄山漫山遍野开满了杜鹃花的情况。我眼前的黄山一下子变了样，"日出山花红胜火"，红色的火焰仿佛燃遍了全山，直凌太空，形成了一幅红透宇宙的奇景。

就这样，一路幻想下去。平路走尽，又上山路，穿过鳌鱼洞，就到了天海。这一段路更平了，仿佛已经离开黄山，到了平地上。一路树木翁郁，翠竹夹道，两旁蝉声啼不住，轻身已到北海边。

北海真是个好地方。人们已经看过了天都峰和莲花峰，奇景险境，久已身履，大概总会觉得黄山胜境已经探过，到了北海已经成为尾声了。

然而实则不然。

我先讲一个口头传说。距北海不远有一个山峰，叫作始信峰。什么叫始信峰呢？这里熟于掌故的人说，就是"开始相信"，意思就是，到了这里才开始相信黄山之美。不管这个解释是否正确，是否就是原意，我确确实实是相信的。我到了北海以后，才知道，北海决不是黄山之游的尾声，而是高峰，是顶端。上文曾引过一句古语："不到文殊院，没见黄山面。"我想改一改："走不到北海，黄山没有来"。再拿写文章作比，如果过了玉屏楼算是"转"，那么，到了北海就算是"合"。一篇精巧的文章写到这里，才算是达到精妙的顶点，黄山乃山中之奇山，北海是众奇并备，万巧同臻。游黄山到此，真可以说是叹为观止矣。

然而究竟"合"出一些什么东西来呢？

三言两语是说不完的。以北海为中心，三五华里的半径内，景色万千，名目繁多。大则崇山峻岭，小至一石一树，无不奇绝人寰。从宾馆右转，走不多远，在深山绝谷的边缘上，出现了散花精舍，前面不远就是梦笔生花，笔架峰，骆驼石，上升峰和老翁钓鱼，再往前走就是始信峰。登上始信峰顶，下临无地，隔着深涧远处可见仙女峰、石笋矼，石笋壁立千仞，真仿佛天上有一个顶天立地的金刚巨无霸从上面把石笋栽在那里，成为宇宙奇观。我们只是从远处看石笋矼的，徐霞客是亲身到过。他在《游记》里写道："趋石笋矼，至向年所登尖峰上，倚松而坐，瞰坞中峰石回攒，藻绘满眼，如觉匡庐、石门，或具一体，或缺一面，不若此之阂博富丽也。"

"阂博富丽"当然还不仅限于石笋矼。北海附近这一些名胜，无不"阂博富丽""藻绘满眼"。比如清凉台、曙光亭，都各有奇妙之处。出宾馆左折西行，可以到西海。沿路青松参天，翠竹匝地。有很多有名的奇景。走到尽头，同别的地方一样，眼前又是峭壁千仞，深涧万寻。从这里的排云亭上，可以看到丹霞峰、松林峰、石床峰，各个刺入青天，令人神往。据说这地方是看落日的好地方，可惜我们来的时候，不是黄昏，我们只有怅望西天，幻想一番日落西山、红霞满天的情景而已。

是不是北海就只"合"出了这样一些东西来呢?

也还不是的。黄山有所谓四大奇景：奇松、怪石、云海、温泉。温泉一进山就可以看到，上面已经说过，这里不再提了。其他三奇，除了云海以外，一进山也都陆续可以看到。从慈光阁开始，只要你注意，奇松、怪石，到处可见。简直是让你一步一吃惊，一步一感叹。

到了北海算是达到了顶峰，所谓集大成者就是。

那么，人们也许要问，奇松奇在什么地方呢？这个问题问得好，我初次听说奇松时，心里也泛起过这个问题。我游遍了黄山，到了北海，要想答复这个问题，也还感到非常困难，简直可以说是回答不出。我常常想，世间一切松树无不是奇的，奇就奇在它同其他一切树都不一样。其他树木的枝子一般都是往上长的，但是松树的枝干却偏平行长着或者甚至往下长。其他树木从远处看上去都能给人一个轮廓，虽然茂密，但却杂乱；然而松树给人的轮廓却是挺拔、秀丽，如飞龙，如翔凤，秩序井然，线条分明。松柏是常常并称的。如果它们站在一起，人们从远处看，立刻就能够分清哪是松，哪是柏。总之一句话，我们脑中一切关于树的规律，松树无不违反。此之所谓奇也。

但是，黄山上的松树比其他地方更奇，是奇中之奇。你只要看一看黄山上有名字的名松，你就可以知道：蒲团松、连理松、扇子松、黑虎松、团结松、迎客松、送客松、飞虎松、双龙松、龙爪松、接引松，此外还不知道有多少松。连那些不知名的大松、小松、古松、新松，长在悬崖上的松，长在峭壁上的松，长在任何人都不能想象的地方的松，千姿百态，石破天惊，更是违反了一切树木生长的规律。别的地方的松树长上一千多年，恐怕早已老态龙钟了，在这里却偏偏俊秀如少女，枝干也并不很粗。在别的地方，松树只能生长在土中；在这里却偏偏生长在光溜溜的石头上。在别的地方，松树的根总是要埋在土里的；在这里却偏偏就把大根、小根、粗根、细根，一股脑儿地、毫不隐瞒地、赤裸裸地摆在石头上，让你看了以后，心里不禁替它担起忧来。黄山松奇就奇在这里。看松而看到黄山松，真可以说是达到顶峰了。

　　谈到怪石，也真是够怪的。那么这些石头怪又怪在何处呢？在别的名山胜地中，也有一些有名有姓的山峰，也有一些有名有姓的石头。但是在黄山，这种山峰和石头却多得出奇：虎头岩、郑公钓鱼台、莺谷石、碰头石、鲫鱼背、羊子过江、仙人飘海、仙桃石、蓬莱三岛、鹦哥石、飞鱼石、采莲船、孔雀戏莲花、象石、金龟望月、仙鼠跳天都、仙人下轿、仙人把洞门、姜太公钓鱼、犀牛望月、指路石、金龟探海、老僧入定、老僧观海、仙人绣花、鳌鱼吃螺蛳、容成朝轩辕、鳌背驮金鱼、仙人下棋、仙人背包、飞来钟、老翁钓鱼、梦笔生花、猪八戒吃西瓜、书箱峰、达摩面壁、仙人晒靴、老虎驮羊、天鹅孵蛋、关公挡曹、仙人铺路、太白醉酒、五老荡船、天狗望月、双猫捕鼠、苏武牧羊、老僧采药、仙人指路、喜鹊登梅、猴子捧桃，等等，等等。名目确实够繁多的了。名目之所以这样繁多，决定因素就是因为这里石头长得怪。如果不怪的话，就决不会有这样多的名目。你以为这些五花八门的名目已经把黄山的怪石都数尽了吗？不，还差得很远。如果你有时间，静坐在黄山的某一个地方，面对眼前的奇峰怪石，让自己的幻想展翅驰骋，你还可以想出一大批新鲜动人的名目。比如我们几个人在西海排云亭附近面对深涧对面的山，我看出了一座"国际饭店"。这个名字一提出，你就越看越像，像得不能再像了，我们都为这个天才的发现而狂欢。假我以时日，我们可以巧立名目，为黄山创立一大批新鲜、别致，不但神似而且形似的名目，再为黄山增添光彩。

在怪石中最怪的，当然要数飞来石。顾名思义，人们认为这块大石头是从天外飞来的。我们从玉屏楼到北海的路上，快到北海的时候，已经从远处看到了它。它是在一座小山峰的顶上，孑然耸立在那里。上粗下细，同山峰接触的地方只是一个点，在山风中好像是摇摇欲坠，让人不禁替它捏一把汗。后来我们从北海到西海，在回去的路上，爬了上去，一直爬到峰顶上，同黄山别的山头一样，小小的一个峰顶，下临万丈深涧。看到飞来石，我们都大吃一惊：原来同峰顶连接的地方有一条缝。这样一块巨石，上粗下细，又不固定在峰顶上，怎能巍然屹立在那里，而且还不知已经屹立了多少年呢？在这漫长的时间内，谁知道它已经经历了多少狂风暴雨，山崩地震呢？而它到今天仍然是岿然不动，简直违反了物理的定律。我们没有别的话可说，只能说它是奇中之奇了。

至于黄山的云海，更是我闻所未闻，见所未见。一座大山竟然有北海、西海、天海、前海、后海，这样许多海，初听时难道不真是让人不解吗？原来这些海都是云海。我从小读王维的诗："行到水穷处，坐看云起时。"觉得这个境界真是奇妙，心向往之久矣。可是活了六十多岁，也从来没能看到云起究竟是什么样子。一天，我们正在北海的一个山头上，猛回头，看到隔山的深涧忽然冒起白色的浓烟。我直觉地认为这是炊烟。但是继而一想，炊烟哪能有这样的势头呢？我才恍然：这就是云起。升起来的云彩，初时还成丝成缕，慢慢地转成一片一团，颜色由淡白转浓，最初群山的影子还隐约可见，转瞬就成了一片云海，所有的山影都被遮住，云气翻滚，宛若海涛。然而又一转瞬，被隐藏起来的山峰的影子又逐渐清晰，终于又由浓转淡，直到山峰露出了真面目，云气全消，依然青山滴翠，红日皓皓。所有这一切都发生在几分钟内。这算不算是云海呢？旁边有人说："还不能算是真正的云海。那要大雨之后。"我只好相信他的话。但是，"慰情聊胜无"，不是比没有看到这种近似云海的景象要好得多吗？

除了上面谈的四大奇景之外，我还有一点意外的收获，那就是我在黄山看了日出。日出并没有列入黄山四奇之内，但仍然可以说是一奇。北海的曙光亭，顾名思义，就是看日出的最好的地方。几十年前，当我还年轻的时候，我曾登泰山看日出，在薄暗中，鹄候在玉皇顶上，结果除了看到一团红红的云彩之外，什么也没有看到。我只有暗自背诵姚鼐的《登泰山记》，聊以自慰：

> 及既上，苍山负雪，明烛天南，望晚日照城郭，汶水、徂徕如画，而半山居雾若带然。戊申晦五鼓，与子颖坐日观亭待日出。时大风扬积雪击面。亭东自足下皆云漫。稍见云中白若樗蒲数十立者，山也。极天云一线异色，须臾成五彩，日上，正赤如丹，下有红光，动摇承之。或曰：此东海也。

这一次来到黄山北海。早晨天还没有亮，就有人跑着、吵着去看日出。我一骨碌爬起来，在凌晨的薄暗中摸索着爬上曙光亭，那里已经是黑压压的一团人。我挤在后面，同大家一样向着东方翘首仰望。天是晴的，但在东方的日出处，却有一线烟云。最初只显得比别处稍亮一点而已。须臾，彩云渐红，朝日露出了月牙似的一点；一转眼间，它就涌了出来，顶端是深紫色，中间一段深红，下端一大段深黄。然而立刻就霞光万道，白云为霞光所照，成了金色，宛如万朵金莲飘悬空中。

就这样，黄山的三奇，奇松、怪石、云海，还加上一个奇：日出。我在黄山，特别是在北海，都领略过了。再拿做文章来打个比方，起、承、转、合，这几大股都已作完，文章应该结束了。

然而不然，从我的感情和印象说起来，合还没有合完，文章也就不能结束。从我的激情来看，这仿佛刚才达到高潮，文章更不能就此结束了。我们原来并不想在北海住这样久。但是越住越想住，越住越不想走。三天之内，我们天天出去，天天有新的发现，大有流连忘返之意。我们最后怀着惜别的心情，离开了北海的时候，我的内心如潮涌，如云起，一步三回头。我们绕过黑虎松走上后山的道路，向着云谷寺的方向走去。一路之上，流水潺潺，山风习习，蝉声相送，鸟鸣应和，苍松翠竹，映带左右。我们又像走到山阴道上，应接不暇了。但是我们走到幽篁中，闻鸟声却不见鸟，我们笑着开玩笑说，这是留客鸟，它们也惋惜我们即将离去，大有依依不舍之意呢。

此时周围清幽阒静，好像宇宙间只有我们几个人似的。但是我的内心里却又像来黄山的路上那样如波涛汹涌，遐想联翩，我想到过去游览过国内外的名山大川。我一时想到泰山，一时又想到石林。这都是天下奇秀，有口皆碑。但是我觉得，同黄山比起来，泰山有其雄伟，而无其秀丽；石林有其幽峭，而无其雄健。黄山是大则气势磅礴，神笼宇宙，小则剔透玲珑，耐人寻味。如果拿美学名词来比附的话，我们就可以说，黄山既有阳刚之美，又有阴柔之美。可谓刚柔兼，二难并，求诸天下名山，可谓超超玄箸了。

我一下子又想到中国的山水画。远山一般都只用淡墨渲染，近山则用各种的皴法。对远山的那种处理，只要在有山的地方，看到过远山的人，都会同意的，都会知道，那实际上是把自然景物，再加上点画家个人的幻想与创造，搬到了纸上来的。这不同于自然主义。这是形似而又神似。但是对近山的那些不同的皴法，则生长在北方高山不多的地方的人，有时就不大容易理解，认为这不过是画家的传统手法，没有多大意思的。特别是对大涤子这样的画家，更不容易理解。今天我到了黄山，据说大涤子在这里住过，积年疑团，顿时冰释。我站在任何一个悬崖峭壁的下面，抬头仰望，注意凝视，观之既久，俨然是一幅大涤子的山水画出现在自己的眼前，我也俨然成了画中人了。但见这一幅画，笔墨恣纵，元气淋漓，皴法新颖，巨细无遗。倘若我们请天上匠作大神，来到人间，盖上一座万丈高的大厦，把这一幅大画挂在里面，不知会产生什么效果，恐怕观赏的人都会目瞪口呆、惊愕万状吧！此时，只在此时，我才真正理解中国古代山水画家，其中也包括像大涤子这样有天才、有独创性，能独辟蹊径，开一代风气的画家，都是在仔细观察自然山色，简练揣摩，融会贯通之后，然后才下笔的。他们决不是专门抄袭古人，拾古人牙慧的。

我一下子又想到，天下名山多矣，中外皆然。但是像黄山这样的名山，却真如凤毛麟角。为什么中国竟会有黄山这样的山呢？这个问题似乎非常幼稚，实际上却是发自我内心深处的一个问题。我并不觉得它有什么幼稚、可笑。古人会说，这是灵气所钟。什么又是灵气呢？灵气这东西摸不着，看不到，实在是玄妙得很。但是依我看，它又确实是存在着的。我们一到黄山，第一天晚上，坐在宾馆外深涧岸边，细听涧中水声，无意中捉到了一个萤火虫，发现它比别的地方的都大而肥壮。后来我们又发现这里的知了也比别的地方的大而肥壮，就连苍蝇也和别的地方不同，大得、壮得惊人，而在海拔近两千尺的天都峰顶，天风猎猎，人站在那里都摇摇欲坠，然而却能见到苍蝇，而且都有点气魄，飞驶迅速，呼啸而过。这实在使我吃惊不小。不用灵气所钟，又怎样解释呢？世界各国都有它们灵气所钟的地方，对于这些地方，只要我能走到、看到，我都喜爱、欣赏，一视同仁，决不会有任何偏心。但是，有黄山这样灵气所钟的地方，我作为一个中国人感到无比的骄傲与幸福。我因此更热爱我们这一块土地，我更热爱我们这一个国家。我们也并不想把黄山秘而不宣，独自享受。"但愿人长久，千里共婵娟。"我也但愿世界永存，黄山永在，永远以它那无比美妙的山色，为我们提供无比美妙的怡悦。

我一下子又想到，古人说，人生要读万卷书，行万里路。又说太史公司马迁周览名山大川，故其文疏宕有奇气。还有人说，唐代大书法家张旭观公孙大娘舞剑器，因而书法大进。我现在游览了黄山，将来会产生什么样的影响呢？我一非文豪，二非书法家，这影响究竟要产生在什么地方呢？不管怎样，影响终归会有的，我且拭目以待。

我就是这样一边走，一边想，一边还欣赏四周奇丽景色，不知不觉地就回到了温泉。等到我从北海返回温泉的时候，我仿佛成了一个阿丽丝，我漫游了一个奇而又奇的奇境。过去一周的游踪，历历呈现在我心中。我的黄山梦于今实现了。但我并不满足于实现了梦境，而是梦得更加厉害起来。我仿佛还并没有到过真正的黄山，不，黄山对我来说，比原来还要陌生，还要奇妙，我直觉地感到，真正的黄山我还没有看到。我从北海归来，只看了黄山的皮毛。黄山的名胜真如五光十色，扑朔迷离，在那"万壑树参天，千山响杜鹃"中似乎还隐藏着什么秘密，有待于我，有待于其他人去发现，去欣赏，去惊叹。古时候有一首关于黄山的诗：

　　　　踏遍峨眉与九嶷，

　　　　无兹殊胜幻迷离。

　　　　任他五岳归来客，

　　　　一见天都也叫奇。

　　我还没有历游五岳，也还没有到过峨眉与九嶷。我对黄山、对天都叫奇，完全是很自然的。我相信，即使我有朝一日真的遍游五岳，登峨眉，探九嶷，我再到黄山来，仍然会叫奇不绝的。

　　我来的时候，心里带来了一个假的黄山图，它一遇到真黄山就破碎消失了。我现在离开的时候，带走了一幅真正的黄山图，虽然我还不能相信，这一幅图就是黄山的真相。但是这幅黄山图将永远留在我的心中。经过了一段时间酝酿思忖，我现在写出了我心目中的黄山。但写的过程中，我时时怀疑我这一支拙笔会玷污了黄山。古人诗说："美人意态画不出，当时枉杀毛延寿。"我现在真觉得，"黄山意态写不出，枉费不眠数夜间"。《世说新语》任诞第三十三说：

桓子野每闻清歌，辄唤："奈何！"谢公闻

之曰："子野可谓一往有深情。"

这里指的是，桓子野每闻清歌，辄情动乎中。我现在面对着黄山，心中有一美妙的黄山，笔下的黄山却并不那么美妙，我也只能学一学桓子野，徒唤奈何。

1979 年 12 月 9 日写毕

富春江边　瑶琳仙境

　　几年以前，我写过一篇散文：《富春江上》，抒发我在富春江上乘船畅游时的一些感受。我在最后说：吴均《与宋元思书》中讲到"自富阳至桐庐，一百许里，奇山异水，天下独绝"，可是我们只到了富阳就转回杭州，把奇山异水都丢在后面了，这真是天大的憾事。"然而，这一件憾事也自有它的绝妙之处，妙在含蓄。"明眼人一看就能知道，其中有自我欺骗的味道。我自己也知道，重游富春江的机会相当渺茫了。但是我又确实爱上了这一条神奇的澄江，依恋之情，溢满心头。因此故作含蓄语，不过聊以自慰而已。

　　然而事竟有出人意料者，仅仅隔了三年，我现在又来到了杭州，来到富春江边了。遗憾的是，也许庆幸的是，我这次不是乘船，而是乘车，不是仅仅到了富阳，而是直抵桐庐，真正到了吴均描绘的天下独绝的山水的终点，我多少年来梦寐以求的这个人间仙境终于亲身来到了。遗憾的是，也许庆幸的是，我这一次看到的不是吴均描绘的景色，而是它的背后，也许连吴均都没有看到过的背后。

我就在这个背后乘车走了"一百许里"。

车子过了六和塔，钱塘江波平浪静，晴光满江，微风不起，浮天漾潋，像一面巨大的镜子，照亮了上下四方，背后衬托着几点黛螺似的越山，显得姣丽肃穆。这一片江水在车旁一晃而过，此后就一直再没有见到钱塘江和富春江。蜿蜒的群山把她们隔住了。车子经过的地方，山青水绿，平畴如画。朝阳在山上的松林顶上涂上了一条条的阴影；向阳处，金光闪耀；背阴处，浓绿深黑。阳光就跳跃在这明暗相间的阴影上。外国崇拜太阳的信徒们看到这样的阳光不知道作何感想。我这个喜爱但不崇拜太阳的俗人，看到这样的情景，脑筋蓦地一闪，天启真仿佛临到我的心头，我的灵魂沐浴在金色的阳光中，与阳光融而为一了。

这是我眼前看到的实实在在的情景，这一幅迷人的图景是我在陆路上汽车中吸入眼底的。但是，不管这一幅图景是多么迷人，我的心并没有被它完全拴住，而是飞到更远的地方去了。我背诵着吴均的文章：

> 水皆缥碧，千丈见底；游鱼细石，直视无
> 碍。急湍甚箭，猛浪若奔。夹岸高山，皆生寒
> 树。负势竞上，互相轩邈。争高直指，千百成
> 峰。泉水激石，泠泠作响。好鸟相鸣，嘤嘤成
> 韵。蝉则千转不穷，猿则百叫无绝。

我的眼睛仿佛得到了天眼通的神力，穿透了巍峨的高山，看到富春江上。我的耳朵仿佛得到了天耳通的神力，听到富春江上。缥碧的江水，流在我眼前。竞上的寒树，绿在我眼前。泠泠的泉水，响在我耳边。嘤嘤的好鸟，唱在我耳边。中间混合上猿猴的哀鸣，寒蝉的唪声，汇成了钧天大乐；再衬上青山绿水，辉耀震荡着整个宇宙。我自己现在仿佛不是坐在车上，而是坐在船上；我仿佛化成了另外一个自我了。昔者庄子化为蝴蝶，不知谁化为谁。我现在化出了第二个我，我也不知道，究竟坐在车上的是我呢，还是坐在船上的是我？在到达瑶琳仙境之前，我已经化入太虚幻境了。

但是，现实毕竟是现实，眼前的东西看起来毕竟真切。车子在飞驶，眼前的景象在飞快地变化。"山重水复疑无路，柳暗花明又一村。"陆放翁诗中描绘的大概也就

是同这一带相似的地方的景色。区别只在于，他当时漫游，不外是步行、骑驴或者坐轿，速度都是很慢的。眼前风物的变化，节奏也慢。一片树林，一个山坡，一块草地，一方池塘，看上半天，也换不了镜头。今天我们乘的是汽车，风驰电掣，转瞬数里，眼前的景色瞬息万变。马路旁的稻田，稻田边上高视阔步的水牛，远处山麓下的白色小楼，田地里劳动的农民，小镇子里熙熙攘攘的男女老少，都像风车一般，还没等看清楚，已经飞也似的向后退去，什么东西都是转眼就变。小河中白云青山的倒影，紧紧地拼命似的跟着我们的汽车跑。一转弯，小河一消失，白云青山的倒影立刻也就杳无踪影，只有倒影的残痕还留在我们的脑海中。此景此情，陆放翁是无论如何也看不到的。今人幸福胜古人，这一点是无可怀疑的了。

眼前的幸福确实带给我了极大的愉快。但是我刚才自己制造的那一个太虚幻境无论如何也不想从我眼前离开。分成两半的那一个我始终也没有完全合拢起来。一半留在眼前的车上，一半钻透高山，飞到富春江畔。后一半似乎比前一半还有更大的自由，还更活跃。它完全不受眼前现实的束缚，甚至不受吴均的束缚，它海阔天空，任意驰骋，任意发挥，任意创造。它创造的富春江比现实的要美，比吴均的富春江也要美，而且要美妙到不知多少倍。这里是一个完全自由的王国，一个真正的太虚幻境……

"瑶琳仙境到了！"

"我们到了太虚幻境了！"

同车的人高声喧嚷起来，我仿佛从梦中被惊醒一般，那两个我终于合成了一个。我探头车外，许多小店铺标着瑶琳仙境的名字，旅游的汽车排成了长龙，中外游人成团成堆——瑶琳仙境果然到了。

我随着众多的游人挤进洞中。这一个洞穴确实很大，按照天然长成的样子，分为六个"厅"，各厅自成格局，但又有路可通。洞中大小石室，无法统计；亿万年点滴形成的钟乳石，五颜六色，纷烂夺目。有的像玉石，有的像玛瑙，有的像金刚，有的像翡翠。样式更是千姿百态。珠帘玉幕，瑶台灵山，连云飞瀑，高峰崇巘，丛莽竹林，层楼叠阁，说不尽的奇迹，数不清的异相。低头忽然发现下有深沟。邈邃宽敞，正在戒惧惶恐，以为是下临无地；突然水光一闪，原来是洞中小溪，深不逾尺，不禁会心一笑。女解说员正在起劲地讲解。她口若悬河，眉飞色舞，绘形绘色，极尽幻想之能事。其实只要我们自己肯动脑筋，给自己的幻想插上翅膀，让它无拘无束地自由飞翔，对着眼前那一些奇形怪状的石头，我们能够起上成百上千的诡奇美妙的名字。你给它起上什么名字，它肯定就像什么。如果有人幻想力比你更强，给它换上一个名字，你仔细端详，必然是越看越像。最后让你眼花缭乱，幻想也疲于奔命，好像在这个洞中宇宙间万事万物，包括古人和神仙在内，无所不有；而一转瞬间又是什么都无所有，自己也陷入迷离的梦中了。这种经验我平生已经有过几次：一次是在黄山山上，一次是在桂林洞中、漓江岸边。现在是第三次了。如果有人问我：你对瑶琳仙境总的印象如何？我会坦率地回答：有点失望，有点不满足。我本来期望，这里能给我一点新东西，高出于桂林诸洞的东西。但是实际上没有，两者是差不多的。也许是我们伟大祖国这样神妙的地方太多了，把我们都惯坏了，把我们的眼眶子都惯得太高了，以致这也看不上，那也看不上。其实，宇宙奇迹达到瑶琳仙境这样的程度，算是已经到了顶，再想要更高的、更神妙的东西，只有到阆苑天宫里去找了。

　　走出了瑶琳仙境，我们立刻就走上了归途。此时太阳已经越过了中天，渐渐向西方倾斜。青山绿水另有一番景象。西斜的太阳把暗淡下来的光辉洒上碧林，洒上山麓，不像早晨那样金光闪闪，却仍然保留着充沛的活力，把村落、小溪、稻田、池塘，清清楚楚地端在我们眼前。可惜现在节令早了一些，林中的树叶子还没有变红。不然的话，如果现在是层林尽染的季节，"好是日斜风定后，半江红树卖鲈鱼"那样令人神往的景象我就可以亲身领略了。

同往常一样，在归途上，兴会难免有点阑珊。我现在确已有点倦意，懒得再像早晨那样兴会淋漓地仔细欣赏车窗外的自然景色了。

但是，我的眼前一闪，一个人的影子蓦地又浮现了出来。早晨来的时候，这个影子已经浮现出来过。我们的车子刚刚驶过六和塔下，一看到明镜般的钱塘江，这影子就在波光水影中冉冉地浮现起来。从那时开始，它一直跟着我们的车子飞驰，时大时小，时近时远，时停时走，时隐时显；飘浮在青山顶上，逍遥在绿水岸边；恰似白云，宛若轻烟；瞻之在后，忽焉在前；充塞宇宙之内，弥漫天地之间。这是多么可爱的一个影子呀！车子驶在小溪的边上，绿树白云，倒影水中。这影子也在水中出现。到了小溪尽头，一切倒影杳然消逝。但是这个影子却仿佛从水中一跃而出，仍然跟着车子飞奔，而且一直陪着我进入瑶琳仙境，充塞了整个石洞。现在我们已经离开仙境，走上了归途，正当意兴阑珊时，青山绿水已经对我不再有多大的吸引力了，它却又突然浮现出来。时而微笑，时而点头，时而颦眉，时而闭目，在我心中激起了剧烈的波动，猛烈地撞击着我的心扉，我想呼喊，我想招手，我想把它牢牢地抓住。但是，定睛看时，却只见山清水秀。我明白了，只有这山清水秀的地方才能产生这样的面影。它是天地的精英，山川灵气之所钟。想用赤手空拳把它抓住，那只是痴心妄想。我要把它保留在我灵魂深处，我相信，它也会乐意待在那里的。我想到这里，心旷神怡。抬眼再看，那面影又浮现在我的眼前，宛似一条神龙。它就这样陪着我，在暮色朦胧中，到了万家灯火的杭州。

1984 年 12 月 9 日写完

观秦兵马俑

　　好像从地下涌出来一样，千军万马的兵马俑一个个英姿勃发地突然站立在大地上。说是千军万马，决不是夸大之词。仅就已知的俑的数目来看，足足够编成一个现代化的师。有待于发现的还没有计算在内。

　　你说这是一个奇迹吗？我同意。这几乎是全世界到中国来参观兵马俑的外国朋友的一致的意见，他们中间有的人甚至说，秦兵马俑这一个奇迹超过了举世闻名的万里长城。但是，同时我也可以不同意。我们伟大的祖国是文明古国。在现在的九百多万平方公里的土地上，十亿人口正在从事于万马奔腾的社会主义现代化的伟大建设工作。这是地面上的奇迹，是明明白白地摆在光天化日之下的，是人们都能够看到的。但是在地下呢？谁也说不清楚，究竟还有多少像秦兵马俑这样的奇迹暂时还埋藏在那里。就连邻近兵马俑的地带，地下情况我们也还不很清楚，何况是这样辽阔的大地呢？

在兵马俑没有涌出来以前，想来地面上也不过是一片青青的庄稼，或者一片荒烟蔓草。这一块土地，同另外任何一块土地完全是一模一样的。两千多年以来，不知道有多少人脚踩过这一块土地，也许在上面种过庄稼，种过菜，栽过树，养过花；也许在上面盖过房子，修过花园。谁也不会想到，就在自己的脚下，竟埋藏着这样多这样神奇的国宝。中国古人有一句现成的话说："地不爱宝。"现在也许是大地忽然不再爱这些宝贝了。于是兵马俑这样的国宝就一下子涌到地面上来。

今天我们不远千里来到这里，无非是想看一看这些国宝，这些奇迹。一路之上，从西安城一直到这里，看到的当然都是地面上的东西。车过秦始皇陵，看到一个高高的土丘，上面郁郁葱葱，长满了石榴树。因为天气不好，骊山只剩下一片影子，黑魆魆地扑人眉宇。田地里长满了青青的蔬菜，间或也能看到麦苗。麦苗长得还很矮小，但却青翠苗壮。在骊山的阴影压迫之下，这麦苗显得更加青翠，逗人喜爱。

但是在西安引人注意的却不是这些青翠苗壮的麦苗。

西安是一个最容易让人发思古之幽情的地方。只要一看到秦始皇陵和骊山，人们的思潮就会冲决这两个地方，向外扩散。我现在正是这样。我的心思仿佛长上了翅膀，连绵起伏，奔腾流泻。看到半坡，我自然就想到了蒙昧远古的祖先。接着想到的是我们汉族公认的始祖轩辕黄帝，他的陵墓距离西安不算太远。骊山当然让我想到周幽王和骊姬。始皇陵里埋着妇孺皆知的秦始皇。茂陵是汉武帝的陵墓。这一位雄才大略的大皇帝把自己的大将和大臣都埋葬在身边，霍去病和卫青的墓都在茂陵附近。这两个杰出的年轻的大将军在死后还在赤胆忠心地保卫着自己的主子。

至于唐代，那遗迹更是到处可见。很多地方都与中国文学史上一些非常显赫的诗人的名字联系在一起。抬头一看，低头一想，无一不让你想到唐代诗歌的黄金时代，想到一些脍炙人口的诗句。这里简直是诗歌的王国，是幻想的天堂，是天上彩虹的故乡，是人间真情的宝库。走过灞桥，我怎能会不想到当年折柳赠别的那一些名句和那种依依不舍的友情呢？看到蓝田这个地名，我自然就想到了王维的辋川别墅，想到那些意境幽远的短诗。终南山抬头就能够见到，一看到终南山：

　　终南阴岭秀，

积雪浮云端。

　　林表明霁色，

　　城中增暮寒。

吟咏这首诗的声音，就在我耳边响起。车子驰过城西北的那一些原，我不由自主地低吟：

　　五陵北原上，

　　万古青蒙蒙。

走过咸阳桥，杜甫的名句：

　　耶娘妻子走相送，

　　尘埃不见咸阳桥。

自然就在我耳边响起。我仿佛看到在滚滚的黄尘中唐代出征军人的身影，他们的父母妻子把臂牵袂，痛哭相送。一走过渭水，

　　秋风生渭水，

　　落叶满长安。

这样的诗句马上把我带到了长安的深秋中，身上感到一阵阵的凉意。一想到秋天，我马上就想到春天。

　　云里帝城双凤阙，

　　雨中春树万人家。

这样春雨中的情景立刻就把千树万树枝头滴着红雨的杏花带到我眼前来，我身上感到一阵阵的湿意。从帝城我

联想到大明宫：

> 九天阊阖开宫殿，
>
> 万国衣冠拜冕旒。

我仿佛亲眼看到当年世界的首都长安的情景，大街上熙熙攘攘，挤满了人，在黄皮肤的人群中夹杂着不少皮肤或白或黑、衣着怪异、语言奇特的外国学者、商人、僧侣、外交官。

……

总之，在我乘车驶向秦俑馆的路上，我眼前幻影迷离，心头忆念零乱，耳旁响着吟诗声，嘴里念着美妙的诗句，纵横八百里，上下数千年，浮想联翩，心潮腾涌。我以前在任何时候任何地方都没有过这样复杂的感情，我是既愉快，又怅惘；既兴奋，又冷静，中间还掺杂上一点似乎是骄傲的意味。

就这样，转眼之间，我们已经到了秦兵马俑馆。

所谓兵马俑馆，是一个硕大无比的大厅，目测至少有几个足球场大。在进入大厅之前，我们先参观了大厅旁边的一间小厅，中间陈列着正在修复中的一辆铜车、四匹铜马。四匹铜马神采奕奕，仿佛正在努力拉着铜车奔驰。一个铜军官坐在车上，驾驭着这四匹马。看到这样精致绝伦的艺术国宝，我们每个人都不禁啧啧称叹：

想不到宇宙间竟有这样神奇的珍品，我心中那一点骄傲的意味不由得更加浓烈起来了。

走进了大厅，站在栏杆旁边向下面的大坑里望去，看到一排排的坑道，坑道中，前排的兵俑和马俑都成排成行地站在那里。将军俑、铠甲武士俑、骑马俑等等，好像都聚精会神地站在那里，静候命令，一个个秩序井然，纪律严明，身体笔直，一动也不动。兵俑中间间杂着一些马俑，也都严肃整齐，伫立待命。我原以为，这些兵俑都是一个模子里塑制出来的，千篇一律，不会有什么变化。但是仔细一看才发现，他们的面部表情几乎每一个都不相同：有的像是在微笑，有的像是在说话，有的光着下颌，有的留着胡子，个个栩栩如生，而又神态各异，没有发现一个愁眉苦脸的。他们好像是都衷心喜悦地为大皇帝站岗放哨。他们的"物质待遇"好像是很不错，否则怎么能个个都心满意足呢？我简直难以想象，当年的艺术家是怎样塑制这些兵马俑的。数以万计的兵马俑竟都能这样精致生动，不叫它是宇宙间一大奇迹又叫它什么呢？

我的思潮又腾涌起来，眼前幻象浮动，心头波浪翻滚。蓦地一转眼，我仿佛看到坑里的兵俑和马俑一齐跳动起来。兵俑跑在前面，在将军俑的率领下，奋勇前进。马俑紧紧地跟在后面。有的兵俑骑上马俑，放松缰绳，任马驰骋。后排坑道里那些还没有被完全挖出来的兵俑和马俑，有的只露出了头，有的露出了半身，有的直着身子，有的歪着身子，也都在那里活动起来。在这里，地面高高低低，坎坷不平。它在我眼中忽然变成了海浪，汹涌澎湃，气象万千。兵俑和马俑正从海浪中挣扎出来。有脑袋的奋勇向前。连那些没有脑袋的也顺手抓起一个脑袋，安在脖子上，骑上马俑，向前奔去；想追上前面那些成行成排的俑，一齐飞出大厅。那四匹铜马拉着铜车四马当先，所向无前。连乾陵的那两匹带翅膀的飞马也从远处赶了来，参加到飞腾的队伍中去。他们一飞出大厅，看到今天祖国已经换了人间，都大为惊诧与兴奋。他们大声互相说着话："我们一睡就是几千年，今天醒来，看到河山大地花团锦簇，人民群众意气风发。我们虽然都有了一把子年纪，但是身子骨还很硬朗。我们休息了这样多年，正有用不完的劲。我们也一定要尽上一分力量，决不能后人。现在是大显身手的好时候了，干呀！干呀！"边说边飞，浩浩荡荡，飞向天空，飞向骊山：

骊山高处入青云，

仙乐风飘处处闻。

现在我耳边响起的不是缓歌慢奏的仙乐，而是兵马杂沓，金鼓齐鸣，这些声音汇成了三界大乐，直干青云，跟随着兵俑和马俑，把我的心也夹在了中间，飞驰掠过八百里秦川。

这八百里秦川可真是一块宝地啊！在若干千年中，我们的先民在这里胼手胝足，辛勤耕耘，才收拾出来了现在这样的锦绣河山。就拿西安这一个地方来说吧。在汉唐时期，以它那光辉灿烂的文化，吸引了成千上万的外国朋友，不远万里，来到这里，或学习，或贸易，或当外交官。西安俨然成了当时世界的中心。城中盛况，依稀可以想象。这一点我在上面已经谈到。今天，又发现了数目这样多、塑制又这样精美、能同世界奇迹长城媲美的兵马俑，锦上添花，又招引来了全国各地的人士和世界各国的朋友，云集此处，都瞪大了眼睛，惊叹不置。在我们来的路上，外国朋友乘坐的车子，络绎不绝。现在在秦俑馆内，外国朋友，男女老幼，穿着五光十色的衣服，说着稀奇古怪的语言，其数目远远超过国内人民。在这样的情况下，作为一个中国人，人们会想些什么呢？别人的心思我无法揣度，我说不出；但是我自己的心思我是清楚的。我在来的路上的那一点淡淡的骄矜之意、幸福之感，现在浓烈起来了。为生为一个中国人而感到骄矜与幸福，难道不是我们共同的感觉吗？

我就是怀着这样的骄矜之意与幸福之感，依依不舍一步三回首地离开了秦俑馆的。此时天色已经渐渐地晚了下来。骊山山顶隐入一层薄薄的暮霭中。浩浩荡荡的兵俑和马俑的队伍大概已经飞越了骊山，只留下一片寂静，伴随着我驰过八百里秦川。

1982 年 10 月 29 日草稿

1982 年 11 月 16 日修改

1985 年 1 月 14 日抄出

登蓬莱阁

　　去年，也是在现在这样的深秋时分，我曾来登过一次蓬莱阁。当时颇想写点什么，只是由于印象不深，自己也仿佛没有进入"角色"，遂致因循拖延，终于什么也没有写。现在我又来登蓬莱阁了，印象当然比去年深刻得多，自己也好像进入了"角色"，看来非写点什么不行了。

　　蓬莱阁是非常出名的地方，也可以说是"蓬莱大名垂宇宙"吧。我在来到这里以前，大概是受蓬莱三山传说的影响，总幻想这里应该是仙山缥缈，白云缭绕，仙人宫阙隐现云中，是洞天福地，蓬莱仙境，不食人间烟火。至少应该像《西游记》描绘镇元大仙的万寿山那样：

　　　　高山峻极，大势峥嵘。根接昆仑脉，顶

摩霄汉中。白鹤每来栖桧柏，玄猿时复挂藤
萝。……麋鹿从花出，青鸾对日鸣。乃是仙山真
福地，蓬莱阁苑只如此。

然而，眼前看到的却不是这种情况。只不过是一些
人间的建筑，错综地排列在一个小山头上。我颇有一些
失望之感了。

既然是在人间，当然只能看到人间的建筑。从这个
标准来看，蓬莱阁的建筑还是挺不错的：碧瓦红墙，崇
楼峻阁，掩映于绿树丛中。这情景也许同我们凡人更接
近，比缥缈的仙境更令人赏心悦目。一进入嵌着"丹崖
仙境"四个大字的山门，就算是进入了仙境。所谓"丹
崖"，指的是此地多红石，现在还有四大块红石耸立在一
个院子里面。这几块石头不是从别的地方搬来的，而是
与大地紧紧地连在一起，原来是大地的一部分，其名贵
也许就在这里吧。

进入天后宫的那一层院子，最引人注目的还不是天
后的塑像和她那两间精致的绣房中的床铺，而是那一株
古老的唐槐。这一棵树据说是铁拐李种下的，它在这
仙境里生活了已经一千多年了，虽然还没有"霜皮溜雨
四十围，黛色参天二千尺"；但是老态龙钟，却又枝叶葱
茏，浑身仙风道骨，颇有一点非凡的气概了。我想，一

看到这样一棵古树，谁也会引起一些遐思：它目睹过多少朝代的更替，多少风流人物的兴亡，多少度沧海桑田，多少次人事变幻，到现在依然青春永葆，枝干挺秀。如果树也有感想的话，难道它不应该大大地感喟一番吗？我自己却真是感慨系之，大有流连徘徊不忍离去之意了。

回头登上台阶，就是天后宫正殿。正中塑着天后的像，俨然端坐在上面。天后是海神。此地近海，渔民天天同海打交道；大海是神秘难测的，它有波平浪静的一面，但也有波涛汹涌的一面。自古以来，不知道有多少渔民葬身波涛之中。他们迫不得已，只好乞灵于神道，于是就出现了天后。我们南海一带都祭祀天后。在这个端庄美丽的女神后边，不知道包含着多少血泪悲剧啊！在我上面提到的左右两间绣房中，床上的被褥都非常光鲜美丽。据说，天后有一个习惯：她轮流在两间屋子里睡觉。为什么这样？其中定有道理。但这是神仙们的事，我辈凡夫俗子还是少打听为妙，还是欣赏眼前的景色吧！

到了最后一层院子，才真正到了蓬莱阁。阁并不高，只有两层。过去有诗人咏道"登上蓬莱阁，伸手把天摸"，显然是有点夸张。但是，一登上二楼，举目北望，海天渺茫，自己也仿佛凌虚御空，相信伸手就能摸到天，觉得这两句诗决非夸张了。谁到这里都会想到蓬莱三山的传说，也会想到刻在一个院子里两边房墙上的四句话：

　　登上蓬莱阁，

　　人间第一楼。

　　云山千里目，

　　海岛四时秋。

　　现在不正是这样子吗？我自己也真感觉到，三山就在眼前，自己身上竟飘飘有些仙气了。

　　多少年来就传说，八仙过海正是从这里出发的。阁上有八仙的画像，各自手中拿着法宝，各显神通，越过大海。八仙中最引人注目的当然是吕洞宾。提起此仙，大大有名。全国许多地方都有关于他的神话传说。据说，吕洞宾并不姓吕。有一天，他同妻子到山洞里去逃难，这两口子住在洞中，相敬如宾，于是他就姓了吕，而名洞宾。这个故事很有趣，但也很离奇，颇难置信。可是，我觉得，这同天后的床铺一样，是神仙们的私事，我辈凡夫俗子还是以少谈为妙，且去欣赏眼前的景色吧！

　　眼前景色是美丽而有趣的。我们在楼上欣赏窗外的景色。楼中间围着桌子摆了许多把古色古香的椅子，正中一把太师椅，据说是吕洞宾坐过的；谁要坐上，谁就

长生不老。我们中吕叔湘先生年高德劭，又适姓吕，于
是就被大家推举坐上这一把太师椅，大家哄然大笑。我
们虔心祷祝吕先生真能长生不老！

在这楼上，人人看八仙，人人说八仙，人人听八仙，
人人不信八仙，八仙确实是太渺茫无稽了。但是，从这
里能看到海市蜃楼却是真实的。我从前从许多书上，从
许多人的嘴里读到、听到过海市的情景，心向往之久矣。
只是海市极难看到。宋朝的大文学家苏轼，曾在登州做
过五天的知府。他写过一首诗，叫作《登州海市》，还
有一篇短短的序言，我现在抄一下：

> 予闻登州海市旧矣。父老云："尝出于春
> 夏，今岁晚，不复见矣。"予到官五日而去，以
> 不见为恨，祷于海神广德王之庙，明日见焉，乃
> 作此诗。

> 东方云海空复空，群仙出没空明中。

> 荡摇浮世生万象，岂有贝阙藏珠宫。

> 心知所见皆幻影，敢以耳目烦神工。

> 岁寒水冷天地闭，为我起蛰鞭鱼龙。

> 重楼翠阜出霜晓，异事惊倒百岁翁。

> 人间所得容力取，世外无物谁为雄。

> 率然有请不我拒，信我人厄非天穷。

潮阳太守南迁归，喜见石廪堆祝融。

自言正直动山鬼，岂知造物哀龙钟。

伸眉一笑岂易得，神之报汝亦已丰。

斜阳万里孤鸟没，但见碧海磨青铜。

新诗绮语亦安用，相与变灭随东风。

在这里，苏东坡自己说，祷祝成功，海市出现。但是，给我们导游的那个小姑娘却说，苏轼大概没有看到海市；因为他待的时间很短，而且是岁暮天寒之际。究竟相信谁的话呢？我有点怀疑，苏轼是故弄玄虚，英雄欺人。他可能是受了韩愈祝祷衡山的影响："潜心默祷若有应，岂非正直能感通，须臾静扫众峰出，仰见突兀撑青空。"他的遭遇同韩文公差不多，他们俩都认为自己是"正直"的。韩文公能祝祷成功（实际上也未必），为什么自己就不行呢？于是就写了这样一首诗，写得有鼻子有眼，仿佛亲眼看到一般。但是，这只是我个人的怀疑。又焉知苏轼的祝祷不会适与天变偶合、海市在不应该出现的时候出现了呢？我实在说不清楚。古人的事情今人实在难以判断啊！反正登州人民并不关心这一切，尽管苏轼只在这里待了五天，他们还是在蓬莱阁上给他立庙塑像，把他的书法刻在石头上，以垂永久。苏轼在天有灵，当然会感到快慰吧。

我们游遍了蓬莱阁，抚今追昔，幻想迷离。八仙的传说，渺矣，茫矣。海市蜃楼又急切不能看到，我心里感到无名的空虚。在我内心的深处，我还是执着地希望，在蓬莱阁附近的某一个海中真有那么一个蓬莱三山。谁都知道，在大自然中确实没有三山的地位。但是，在我的想象中，我宁愿给蓬莱三山留下一个位置。"山在虚无缥缈间"，就让这三山同海市蜃楼一样，在虚无缥缈间永远存在下去吧，至少在我的心中。

1985 年 10 月 26 日写完

游石钟山记

　　幼时读苏东坡《石钟山记》，爱其文章奇诡，绘声绘色，大为钦佩，爱不释手，往复诵读，至今犹能背诵，只字不遗。但是，我从来也没有敢梦想，自己能够亲履其地。今天竟能于无意中来到这里，真正像做梦一般，用金圣叹的笔调来表达，就是"岂不快哉"！

　　石钟山海拔只有五十多米，摆在巍峨的庐山旁边，实在是小巫见大巫。但是，山上建筑却很有特点，在非常有限的地面上，"五步一楼，十步一阁，廊腰缦回，檐牙高啄，各抱地势，钩心斗角"。今天又修饰得金碧辉煌，美轮美奂。从山下向上爬，显得十分复杂。从怀苏亭起，步步高升，层楼重阁，小院回廊，花圃清池，佛殿明堂，绿树奇花，翠竹修篁，通幽曲径，花木禅房，处处逸致可掬，令人难忘。

这里的碑刻特别多，几乎所有的石头上都镌刻着大小不同字体不同的字。苏轼、黄庭坚、郑板桥、彭玉麟等等，还有不知多少书法家或非名家都在这里留下手迹。名人的题咏更是多得惊人：从南北朝至清代，名人咏石钟山之诗多达七百多首。从陶渊明、谢灵运起直至孟浩然、李白、钱起、白居易、王安石、苏轼、黄庭坚、文天祥、朱元璋、刘基、王守仁、王渔洋、袁子才、蒋士铨、彭玉麟等等都有题咏。到了此地，回忆起将近二千年来的文人学士，在此流连忘返，流风余韵，真想发思古之幽情。

此地踞鄱阳湖与长江的汇流处，历代兵家必争之地，在中国历史上几次激烈鏖兵。一晃眼，仿佛就能看到舳舻蔽天，烟尘匝地的情景。然而如今战火久熄，只余下山色湖光辉耀祖国大地了。

我站在临水的绝壁上，下临不测，碧波茫茫。抬眼能够看到赣、皖、鄂三个省份，云山迷蒙，一片锦绣山河。低头能够看到江湖汇流，扬子江之黄与鄱阳湖之绿，泾渭分明，界线清晰，并肩齐流，一泻无余，各自保持着自己的颜色，决不相混，长达数十里。"楚江万顷庭阶下，庐阜诸峰几席间"，难道不能算是宇宙奇迹？我于此时此地极目楚天，心旷神怡，仿佛能与天地共长久，与宇宙共呼吸。不由得心潮澎湃，浮想不已。我想到自己的祖国，想到自己的民族。我们的祖先在这里勤奋劳动，繁殖生息，如今创造了这样的锦绣山河万里。不管我们目前还有多少困难与问题，终究会一一解决，这一点我深信不疑。我真有点手舞足蹈，不知老之将至了。这一段经历我将永远记忆。

我游石钟山时，根本没想写什么东西。有东坡传流千古的名篇在，我是何人，敢在江边卖水、圣人门前卖字！但是在游览过程中，心情激动，不能自已，必欲一吐为快，就顺手写了这一篇东西。如果说还有什么遗憾的话，那就是我没有能在这里住上一夜，像苏东坡那样，在月明之际，亲乘一叶扁舟，到万丈绝壁下，亲眼看一看"如猛兽奇鬼，森然欲搏人"的大石，亲耳听一听"噌吰如钟鼓不绝"的声音。我就是抱着这种遗憾的心情，一步三回首，离开了石钟山。我嘴里低低地念着不知道是什么时候在我心中吟成的两句诗"待到耄耋日，再来拜名山"，我看到石钟山的影子渐小渐淡，终于隐没在江湖混茫的雾气中。

1986 年 8 月 6 日七十五周岁生日，

写于庐山九奇峰下

游石钟山记   103

登庐山

苍松翠柏，层层叠叠，从山麓向上猛奔，气势磅礴，压山欲倒，整个宇宙仿佛沉浸在一片浓绿之中。原来这就是庐山啊！

汽车沿着盘山公路，在万绿丛中盘旋而上。我一边仿佛为这神奇的绿色所折服，一边嘴里哼着苏东坡那一首脍炙人口的诗：

横看成岭侧成峰，

远近高低各不同。

不识庐山真面目，

只缘身在此山中。

我很后悔，在年轻读中小学的时候，学习马虎，对岭与峰的细微区别没有弄清楚。到了此时，悔之晚矣。

无论横看，还是侧看，我都弄不明白苏东坡用意之所在。我只觉得，苏东坡没有搔着痒处，没有真正抓住庐山的神韵，没有抓住庐山的灵魂，空留下这一首传诵古今的名篇。

到了我们的住处以后，天色已经黄昏。窗外松涛澎湃，山风猎猎，鸟鸣在耳，蝉声响彻，九奇峰朦胧耸立，天上有一弯新月。我耳朵里听到的是松声，眼睛仿佛看到了绿色。我在庐山的第一夜，做了一个绿色的梦。

中国的名山胜境，我游得不多。五十年前，我在大学毕业后，改行当了高中的国文教员。虽然为人师表，却只有二十三岁。在学生眼中，我大概只能算是一个大孩子。有一个学生含笑对我说："我比你还大五岁哩！老师！"这有什么办法呢？我当时童心未泯，颇好游玩。曾同几个同事登泰山，没费吹灰之力就登上了南天门。在一个鸡毛小店里住了一夜，第二天凌晨攀登玉皇顶，想看日出。适逢浮云蔽天，等看到太阳时，它已经升得老高了。我们从后山黑龙潭下山，一路饱览山色，颇有一点"一览众山小"的情趣。泰山给我留下了非常深刻的印象。从审美的角度上来评断，我想用两个字来概括泰山，这就是：雄伟。

六年以前，我游了黄山。从前山温泉向上攀，经过了许多名胜古迹，什么一线天、蓬莱三岛等，下午三时到了玉屏楼。回望天都峰鲫鱼背，如悬天半。在玉屏楼住了一夜，第二天再向北海前进。一路上又饱览了数不清的名胜古迹。在北海住了两夜，看到了著名的黄山云海和奇峰怪石。世之论者认为黄山以古松胜，以云海胜，以奇峰胜，以怪石胜。古人说："五岳归来不看山，黄山归来不看岳。"这是非常有见地的话。从审美的角度来评断，我也想用这两个字来概括黄山，这就是：诡奇。

那一次陪我游黄山的是小泓，我们祖孙二人始终走在一起。他很善于记黄山那一些稀奇古怪的名胜的名字，我则老朽昏庸，转眼就忘，时时需要他的提醒和纠正。当时日子过得似乎平平常常，并没有觉得有什么奇妙之处，有什么值得怀念之处。但是，前几年我到安徽合肥去开会，又有游黄山的机会，我原本想再去黄山的。可是，我忽然怀念起小泓来，他已在千山万水浩渺大洋之外了。我顿时觉得，那一次游黄山，日子过得不细致，有点马马虎虎，颇有一点身在福中不知福的味道。如今回忆起来，情景历历如在眼前。哪怕是极小的生活细节，也无一不温馨可爱，到了今天，宛如一梦，那些情景永远永远不会再回来了。我觉得，再游黄山，谁也代替不了小泓。经过了反复地考虑，我决意不再到黄山去了。

　　　　　　　　　　　　　　　　　远行记

今天我来到了庐山，陪我来的是二泓。在离开北京的时候，我曾下定决心，在庐山，日子一定要仔仔细细地过，认真在意地过，把每一个细微末节，每一分钟，每一秒钟，都要仔细玩味，决不能马马虎虎，免得再像游黄山那样，日后追悔不及。我也确实这样做了。正像小泓一样，二泓也是跟我形影不离。几天以来，我们几乎游遍整个庐山。茂林修竹，大陵深涧，岩洞石穴，飞瀑名泉。他扶着我，有时候简直是扛着我，到处游观。我觉得，这一次确实是仔仔细细地过日子了，一点也没有敢疏忽大意。对一草一木，一山一石，变幻莫测的白云，流动不息的飞瀑，我都全心全意地把整个灵魂都放在上面。我只希望，到得庐山之游成为回忆时，我不再追悔。是否真正能做到这一步，我眼前还不敢夸下海口，只有等将来的事实来验证了。

庐山千姿百态，很难用一个字或几个字来概括。但是，总起来说，庐山给我的印象同泰山和黄山迥乎不同。在这里，不管是远山，还是近岭，无不长满了松柏。杉树更是特别郁郁葱葱，尖尖的树顶直刺云天。目光所到之处，总是绿，绿，绿，几乎看不到任何别的颜色，是一片浓绿的天地，一片浓绿的大洋。从审美的角度来看，我也想用两个字来概括庐山，这就是：秀润。

我觉得，绿是庐山的精神，绿是庐山的灵魂，没有绿就没有庐山。绿是有层次的。有时候蓦地白云从谷中升起，把苍松翠柏都笼罩起来，笼罩得迷蒙一片，此时浓绿就转成了青色，更给人以秀润之感，可惜东坡翁当年没能抓住庐山这个特点，因而没有能认识庐山的真面目，成为千古憾事。我曾在含鄱口远眺时信口写一七绝：

　　　　近浓远淡绿重重，

　　　　峰横岭斜青濛濛，

　　　　识得庐山真面目，

　　　　只缘身在此山中。

　　我自谓抓住了庐山的精神，抓住了庐山的灵魂。庐山有灵，不知以为然否？

1986 年 8 月 6 日于庐山

虎门炮台

从小学起，学中国历史，就知道有一次鸦片战争，而鸦片战争必与林则徐相联系，而林则徐又必与虎门炮台相联系。

因此，虎门炮台就在我脑筋里生了根。

可是虎门炮台究竟是什么样子呢？我说不出。正如世界上其他事物一样，倘还没见到实物，往往以幻想填充。我的幻想并不特别有力，它填充给我的不过是一片荒凉的海滩，一个有雉堞的小城堡，上面孤零零地架着一尊旧式的生铁铸成的大炮，前面是大海，汪洋浩瀚，水天渺茫，微风乍起，浊浪拍岸，如此而已。

今天由于一个偶然的机会，我竟然来到了这里。我眼前看到的实际情况与我的幻想不同，这是意中事，我丝毫不感到奇怪。但是，这个不同竟然是这样大，却不能不使我大吃一惊了。炮台在海滩上，这用不着奇怪，也不可能有别的可能。但是，这海滩却与荒凉丝毫也不沾边，却是始料所不及。这里杂花生树，绿木成荫。几棵粗大的榕树挺立着，浓荫匝地，绿意扑人。从树干的粗细来看，它们已经很老很老了。当年海战时，它们必已经站立在这里，亲眼看了这一场激烈的搏斗。它们必然也随着搏斗的进行，时而欢欣鼓舞，时而怒发冲冠，最终一切寂静下来。当年活着的人早已不在了，只有它们年复一年地守候在这里，跟着季节的变化而变化，一直守候到现在。现在到处是一片生机，一片浓绿，雉堞犹存，大炮还在，可无论如何也令人无法把当前情况与一百五十多年以前的残酷的战争联系在一起。这个古战场我实在无法凭吊了。

可是我的回忆还是清楚的。当年外国的侵略者凭其坚船利炮，想在这一块弹丸之地的海滩上踏上我们神圣的国土。他们挥舞刀枪，惨杀我们的士兵。我们的士兵义愤填膺，奋起抵抗，让一批批的入侵者陈尸滩头，最后不得不夹着尾巴逃掉。我们的士兵也伤亡惨重。统率我军杀敌的关天培将军以身殉国。至今还有七十五位忠勇将士的尸体合葬在山坡上，让后人永远凭吊。当时林则徐以钦差大臣的身份在后面不远的山头上督战。这一场博斗申正义于海隅，振大汉之天声，是我们中华民族永不磨灭的伟业，是我们全民族的骄傲。今天虽然已经时过境迁，当年的事情早已成为历史陈迹，然而我们今天来到这里，又有哪一个人不觉得我们阵亡的将士仍虎虎有生气，而缅怀往事，感到无限振奋呢？

当我们走出炮台去参观林则徐销毁鸦片烟池的时候，我们又为另一种情景而无限振奋。林则徐把从殖民主义强盗手中没收来的两百多万公斤之多的鸦片烟，倒入一个大水池中，先用海水把鸦片泡成糊状，然后再倾入石灰，借石灰的力量把鸦片烟销毁，最后放出海水把残渣冲入海中。据说，他当时邀请了不少的外国人来参观。外国老爷大概怀疑这销烟的行动，也乐意来亲眼看一看。当他们看到林则徐是真销毁，而销毁的数量又是如此巨大时，都大为吃惊。他们哪会想到，在清代末叶贪官污吏横行霸道之时，竟然还有林则徐这样的硬骨头，他们对中华民族不得不油然起尊敬之心。那么，林则徐以一介书生，凛然代表了民族正气，功业彪炳青史，直至百多年之后的今天，还让我们感佩敬仰，不是完全可以理解的吗？

时间是一种非常古怪的东西。有忧伤之事，它能让你慢慢地渐渐地忘掉，否则你会活不下去的。有欢乐之事，它也能让你慢慢地渐渐地忘掉，否则永远处在快乐兴奋之中，血压也难免升高，你也会活不下去的。这一慢一渐，既可感，又可怕，人们必须警惕。独有英雄业绩、民族正气，却能让你永志不忘，而且弥久弥新。这才真正是民族历史的脊梁，一个民族能生存下去，靠的就是这个脊梁。我们在山顶上林则徐的塑像下看到镌刻着的他的两句诗：

苟利国家生死以

岂因祸福避趋之

真可以说是掷地作金石声。这一位世间巨人的形象在我眼前立刻更高大了起来，他不是值得我们全体炎黄子孙恭恭敬敬地、诚诚恳恳地学习一辈子吗？

1988年5月30日下午于广州

延边行（节选）

小引

今年夏天，应延边大学副校长郑判龙教授之邀，冒酷暑，不远数千里，飞赴延吉，参观访问。如果学一点时髦的话，也可以说是"讲学"吧。我极不喜欢用这个词儿。因为我知道有不少的"学者"，外国话不会说半句，本来是出国旅游的，却偏偏说是应邀"讲学"。我真难理解这个"学"是怎样"讲"的。难道外国人都一下子获得了佛家所说的"天耳通"，竟能无师自通地听懂了中国话吗？出国旅游，并非坏事；讲出实话，实不丢人。又何必一定要在自己脸上贴金呢？我这个人生性急，喜爱逆反。即使是真讲学，我也偏偏不用。这一次想来一个例外，我毕竟真是在延边大学讲了一次。所以一反常规，也给自己脸上贴一点金。

我在延边只待了六天，时间应该说是非常短的。但是，我却闻所未闻，见所未见，吃所未吃，感所未感，大开眼界，大开口界。我国的朝鲜族是异常好客的，简直可以说是好客成性。住在这里的汉族，本来也是好客的，又受到了朝鲜族的熏陶，更增加了好客的程度。我们时时刻刻沉浸在友谊的海洋之中，友谊之浪，情好之波，铺天盖地，弥漫一切；我们仿佛生活在人类世界之上的另一个世界里，我们的感觉决不能用感激二字来表达，这是远远不够的，我年届耄耋，有生之年，永远不会忘记了。

我舞笔弄墨，成癖成性，在思绪感情奔腾澎湃之余，不禁又拿起笔来。但限于时间，只能表达所闻所见于万一，聊志个人的雪泥鸿爪而已。

1992 年 7 月 29 日

于延边大学专家招待所

我在延吉吃的第一顿饭

今天是我的生日。我来到这个世界上已经整整八十一年了。按天数算，共是二万九千五百六十五天。平均每天吃三顿饭，共吃了八万八千六百九十五顿饭。顿数多得不可谓不惊人了。而且我还吃遍了世界上三十多个国家的饭。多么好吃的，多么难吃的，多么奇怪的，多么正常的，我都吃过，而且都吃得下去。我自谓"饭学"已极精通，可以达到国际特级大师的标准了。对吃饭之事圆融自在，已臻化境。只要有饭可吃，我便吃之。吃饭真成了俗话说的"家常便饭"了。

到了延吉，刚一下飞机，到机场迎接我们的延边大学郑判龙副校长、卢东文人事处长、王文宏女士和金宽雄博士，随随便便一说："我们到朝鲜冷面馆去吃个便饭吧！"客随主便，我就随随便便地答应了。数千里劳顿之余，随便吃一点便饭，难道还不是世间最惬意的事吗？

我们好像是随便走进一家饭馆，坐在桌旁，我万没有想到，不远千里来避暑的延吉，热得竟超过了北京。在挥汗如雨之余，菜逐渐上桌了。除了有点朝鲜风味以外，菜都是平平常常的，一点也没有引起我的特别注意。只有肚子确实有点空了，于是就大吃起来。好在主人几乎都是老朋友，他们不特别讲求礼仪，强客人之所难；我们也就脱落形迹，不故作虚伪，任性之所好，随随便便地大吃起来。此时好像酷暑骤退，满座生春，我真有点怡然自得，"不知何处是家乡"了。

然而，正在此时，厨师却端上了一条活蹦乱跳的大鳞鱼来，鱼摇着尾巴，口一张一合，双鳍摆动，每一个鳞片都闪出了耀眼的珍珠似的白光。我立即大吃一惊，把眼睛瞪得圆而且大，眼里面的白内障还有什么结膜炎，仿佛一扫而空，又能洞见纤微，视芥子如须弥山了。我真不知道，我们这一群可敬可爱的延吉的老朋友主人，葫芦里想卖什么药。我的心怦怦直跳，不知如何是好。我以为还会有火锅之类的东西端上桌来。说不定厨师还会亲临前线，表演一下杀煮活鱼的神奇手段，好像古代匠人的运斤成风，或者从制钱的小眼里把香油灌入瓶中。我屏住了呼吸，虔心以待。

可是主人却拿起了筷子，连声说："请！请！"他是要我们下筷子吃鱼了。他似乎看出了我们的困惑，首先用筷子尖一扒拉，仿佛是一个魔术师似的，一整块连着鱼肉的鱼鳞被掀了起来，露出了鱼肉，粉红色的肉上横贯着一条深红的线。再一细看，鱼肉并非一个整体，而是已经被切成了鱼片。只需用筷子一拨，再一夹，一片生嫩——用广东话来说，应该是生猛吧——的鱼片就能纳入口中了。

我怎么办呢？我的心直跳，眼直瞪，手直颤，唇直抖。我行年八十，生平面临的考验，多如牛毛，而且五花八门，种类繁多。但是，今天这样的考验，我却还没有面临过而且连梦想也没有想到过。我鼓足了勇气，拿起了筷子，手哆里哆嗦地，把筷子伸向鱼身，拨出了一片鱼肉，正想往嘴里放时，鱼忽然把尾巴摇了摇，双鳍摆了摆，瞪大了眼睛，张开了嘴巴。这一切好像都是对着我来的。我的心跳动得更厉害了。我不能也不敢再把鱼片放回原处。眼睛一闭，狠心一下，硬是把鱼片塞进嘴内。鱼片究竟是什么滋味，大家可以自己想象了。

　　可是，好客的主人却偏偏要遵照当地人民的习惯，一定要把盛鱼的瓷盘改动位置，一定要让鱼头对准座上的主宾，就今天来说，当然就是我了。这真是火上加油，"屋漏偏遭连夜雨，船破又遇打头风"。我心情迷离，神志恍惚，怵然、悚然、怆然、怂然、悻然、惘然无所措手足，一下子沉入梦幻之中……

　　我听到这一条仅仅剩下头和尾巴的鱼最初是慢声细气地开口对我说话了："你可知道，你们人是从鱼变来的吗？我们鱼类，本领也是异常惊人的。我们一条鱼一下子就能够下子成千上万；如果没有什么东西遏制我们，用不了多少时间，我们鱼就能够把世界上的江、河、湖、海统统填

延边行（节选）

满。你们人有什么本领呢？不知道是你们走了什么后门，让造化小鬼把你们变成了人，我们则是千万年以来，毫不进化，仍然留在水里，当我们的鱼类。我们并没有闹情绪，找领导，闹而优则人。我们是正派的，正直的，乐天知命的。既然命定为鱼，我们就顺顺从从，任人宰割。我们自我感觉良好，从无非分之想，我们本来是鱼嘛！"

我毛骨悚然，屁股下面发热，有点坐不住了。我以为鱼已经把话说完了呢。然而不然。鱼摇了两下尾巴，张了张嘴，又说了起来："可你们人真也太损了，你们的花样真也太多了。你们在钩心斗角之余，把心思全用在吃上。德国人心眼稍微好一点，他们的法律不允许把活着的鱼带回家。日本人吃生鱼片，已经可以说花样翻新了。可是你们中国人呢，以这样一个聪明伟大的民族，早年奋发图强，对世界文化做出过卓越的贡献。后来就渐渐地劲头不够了，专门讲究吃喝，还美其名曰饮食文化。这也罢了，可你们把闹派系的本领也用到饮食上来。全国分成了京、鲁、川、粤、湘、苏等等不知道多少菜系。这也罢了。可你们不知道从哪里来的一股劲，专跟我们鱼类干上了。哪一个菜系也不放过我们，而且还是煎、炸、煮、炒、涮、烹、腌、烤，弄得我们狼狈不堪，魂不守舍。最可怕的是四川的干烧，浑身是辣椒，辣得我们的魂儿都喘不过气来。这一些你都知道吗？"

我喘了一口气，以为鱼的训话已经结束。正当我伸出筷子想夹住最后一片鱼片的时候，鱼的嘴张得更大了，声音也更提高了，又说了下去："在延吉这里，你们这些人不知道从哪里来了这样一股邪劲，非要让我们完全活着，神志完全清醒，把我们的鳞皮揭开，把我们身上正面反面的肉都切成了一片一片的，再把鳞皮盖上，宛然是一条活而整的鱼，端到饭桌上来，先让你们这些外地来的乡巴佬，瞪大了眼睛，大大地吃上一惊，然后再怀着胆怯、兴奋、好奇而又愉快的心情，在主人的'请！请！请！'的催促下，一齐伸出了筷子。我瞪着眼，摇着尾巴，摆动双鳍，以示抗议，可我发不出声音。难道只有看到我眼瞪、尾摇、嘴巴张，你们咀嚼着我的肉才觉得香吗？你们这是一种什么心理呀！你要告诉我！否则，即使你把我的残骸做成了酸辣汤，我也是不能瞑目的！"

听着、听着，我完全吓呆了，我一句话也说不出来，而别人正吃风甚健，然而这一条鱼却不给我留一点情面，它穷追不舍；它喝道："你可是说话呀！"

"你可是说话呀！"

"你可是说话呀！"

我浑身觳觫，脸上流汗，双腿发抖，心里打鼓，茫然，惘然，不知所措，我只有低头沉思，潜心默祷，又陷入了梦幻中："鱼呀！你今生舍身饲人，广积阴德。涅槃之后，走入六道轮回，来生决不会再托生成鱼，而定是转生成人。'二十年后，又是一条好汉。'等我庆祝百岁诞辰时，一定再来延吉。那时，我请你吃饭，无论如何也不会再把你前生的同类活蹦乱跳地端到饭桌上来了。呜呼！今生休矣，来生可卜。阿门！拜拜！你安息吧！"

沉思完毕，心情怡悦，一下子走出了梦幻，跟着延吉的主人，走出饭店，汇入花花世界的人间，兴致盎然，欣赏我毕生八十一年从未见过的延吉的风情。

1992 年 8 月 6 日

延吉风情

延吉是一个好地方，好到难以想象；但又是一个怪地方，怪到不易理解。

天好，地好，人好，一切都好，难道还不是一个好地方吗？这个一说，大家就懂。

但是为什么又怪呢？这必须多啰唆几句，否则别人会觉得，不是地方怪，而是我这人有点怪了。

延吉是一个非常小的城市，人口只有三十万，远远赶不上我所住的北京的海淀区。但是这里的出租汽车却有一千二百辆，在所有的马路上，风驰电掣，一辆接一辆，多似过江之鲫，人均占有量全国第一。这难道还不算怪吗？但是怪劲还没有完。你站在马路旁一秒钟，最多一分钟，不用思索，随意一招手，必然会有一辆出租车停在你眼前。二话甭说，开门上车，不管路远路近，只要不出市区，一律五元。路近，司机（其中有不少是妙龄女郎）当然不会厌烦；路远，司机也处之泰然，不说半句怨言，连眼都不会眨一眨。司机从来不问是到什么地方去。一上车，座客指挥，司机遵命，一言不发。一下车，五元钞票一递，各走各的路，仍然是一言不发，皆大欢喜，天下太平。

　　说到乘出租汽车，我也可以说是一个老行家了。在许多城市，我都乘坐过出租车。香港是规规矩矩的，无可指摘。在深圳，在广州，在北京，你有急事，站在马路旁边，"望尽千车皆不是，市声喧腾单车流"。偶尔有空车驶过，如果司机先生想回家吃饭，或者别的公干，或者兴致不高，你再拼命招手，他仍置若罔见，掉首不顾，一溜烟驶了过去。忽然有车停下，你正心花怒放，在深圳和广州，有的司机可能问你是付人民币还是付港币。如果是前者，他仍然是一溜烟驶走。有的司机先问到哪里去，太近不行，太远也不行。不远不近，得乎中庸，勉强成交，心中狂喜。如果你真有急事，急得像热锅上的蚂蚁，又适逢非中庸之道，或者时间不合适，则你无论怎样向司机恳求，也是无济于事，"禅心已作沾泥絮，不逐车风历乱飞"，司机都成了参禅的大师。勉强上了车，有计程器，偏又不用，到了目的地，狠狠地敲你一下竹杠。老百姓的口头语说："听诊器，方向盘，人事干部，售货员"，都是惹不起的人物，难道其中就没有一点道理吗？

反观延吉的出租汽车，你能说他们的道德水平不高吗？可是，在"滔滔者天下皆是也"的氛围中，你能说他们不"怪"吗？

但是，我凭空替他们担起心来。人口这样少，而汽车又这样多，他们会不会赔钱呢？我怀着疑虑的心情，悄悄地问过一个出租汽车司机，每个月能挣多少钱。他回答说："三四千元。"我相信他说的是真话，说不定还打了点埋伏。

接着又来了问题：一千二百个出租汽车司机，每人每月挣三四千元，加起来是一个相当庞大的数目。延吉人能出得起这么多钱吗？延吉朋友告诉我过，这里工业并不发达，农业也非上乘，按理说延吉人不应该太富。可是，你别慌，这个朋友一转口又告诉我，延吉人几乎口袋里都有钞票。这就够了。若问此钱何处来？据说都是正当途径。详情就用不着我们多管了。反正延吉人口袋里有钱，这是事实。

他们有钱，还表现在另一个方面。三十万人口的一个小城，竟有卡拉 OK 一百二十家，还有二十家在筹建中。另有人告诉我，城中类似卡拉 OK 的茶馆、咖啡馆之类，有四百家。不管怎么说，延吉在这方面又占全国第一了。朝鲜族十分重视文化教育，文化水平可能列全国榜首。他们能歌善舞，名闻华夏神州。他们据说又善于花钱。不是有人提倡过能挣会花吗？我认为，延吉人算是做到了。由于以上种种原因，延吉卡拉 OK 人均数在全国拿了金牌，不是很自然的吗？

与上面说到的两件事有联系的，延吉人还有一个全国第一，这就是喝啤酒。喝啤酒原是欧风东渐的结果。啤酒这玩意儿大概真是有不可思议的魔力。一传到中国——世界其他地方也一样——立即以排山倒海之势独占酒类鳌头，人们饮之如琼浆玉液。全国皆然，非独延吉。然而别的地方喝，论杯，论"扎"，至多论瓶。在这里则是非杯，非"扎"，非瓶，而是论箱，每箱二十四瓶。看了这情况，即使是酒鬼的外乡人，也必然退避三舍，甘拜下风，而非酒鬼如我者竟至舌翘不下，眼睁不闭，吓得魂儿快要出窍了。我在世界啤酒之乡德国待过十年。那里的啤酒不比水贵多少，人们喝起来皆比喝水多得多。我自以为天下之最盖在此矣。这次到了延吉，才知道自己竟是一只井蛙。

我们在天山宾馆吃晚饭时，邻近有一桌客人，男的六七个，女的三四个，说中国话，并非老外。我们进去的时候，他们已吃喝起来。我们吃完走时，他们还在吃喝。喝啤酒时真是"饮如长鲸吸百川"，气势磅礴。桌上酒瓶林立，桌旁空箱两只。喝到什么时候，地上空箱摞起多高，只有天知道了。我做了一夜啤酒梦。

我在上面讲了延吉的三个全国第一。你能说这不怪吗？

但是，"怪"字是一个中性词，决不等于"坏"字。在延吉，我毋宁说，这里怪得可爱，怪得可钦可敬。有的地方怪得简直像是小说中的君子国。我觉得，这三怪的背后隐藏着一种非常深刻的意义，它们是与我开头说的"好"字紧密相联的。这里的人热情豪爽，肝胆相照。我走过全国不少的少数民族地区。在那里，汉族成了少数民族。尽管一般说起来，汉族同当地人相处得还不错，有的好一点，有的差一点，可是达到水乳交融水平的，毕竟极为稀见。一到延边，我就向几个朝鲜族朋友问起这个问题，他们说毫无问题，汉朝两族毫无芥蒂。我又向几个汉族朋友问起这个问题，他们也说毫无问题，朝汉两族亲如兄弟。尽管语言不同，绝大多数的人都使用两种语言。彼此共事，民族界限早已泯灭，他们只感到同是中华民族，而不感到是朝鲜族或汉族。

我们此行虽然短促，但确实交了许多朋友。在我的潜意识里，只有朋友，而没有什么汉族朋友，什么朝鲜族朋友之分。延吉这个地方，我永远不会忘记。延吉的朋友们，我永远不会忘记。我遥望东天，为他们虔诚祝福！

我开头说，延吉是个好地方。谁还会怀疑我这句话的真实性呢？

1992年8月5日

逛鬼城

　　豪华旅游轮"峨眉号"靠了岸。细雨霏霏，轻雾漫江，令人顿有荒寒之感。但一听到要逛鬼城丰都，船上的人，不管是中国人，还是日本人和韩国人；不管是老还是少，不管是男还是女，无不兴奋愉快，个个怀着惊喜又有点紧张的心情，鱼贯上了岸。

　　为什么对鬼城这样感兴趣呢？道理是不难明白的。一个活生生的人，在光天化日之下，要进鬼城游览，难道还有比这更富有刺激性的事情吗？

　　至于我自己，我在小学时就读过一本名叫《玉历至宝钞》的讲阴司地狱的书，粉纸石印，质量极差，大概是所谓"善书"之类；但对于我却有极大的吸引力。你想一想，书中图文并茂，什么十殿阎罗王，什么牛头、马面，什么生无常、死有分，什么刀山、油锅，等等。鲁迅所描绘的手持芭蕉扇、头戴高帽子的鬼卒，也俨然在内。这样一本有趣的书，对一个小孩子来说，比起那些言语乏味的教科书来，其吸收力之强真有若天壤了。

这样一本书，我在昏黄的油灯下，不知道翻看过多少遍。我对地狱里的情况真可以说是了若指掌。对那里的法规条文、工作程序也背得滚瓜烂熟。如果我到了那里，不用请律师，就能在阎王爷跟前为自己辩护，阎王爷对我一定毫无办法。至于在阴司里走后门，托人情，我也悟出了一点门道。因此，即使真进阴司，我也坦然，怡然，总有办法证明自己是一个好人，无所畏惧。

后来，我读西洋文学，读过但丁的《神曲》。再后一点，我又研究佛教，读了不少佛经，里面描绘阴司地狱的地方，颇为不少。我知道了，中国的阴司原来是印度的翻版，在印度原有的基础上，又加以去粗取精，深化改革，加以中国化，《玉历至宝钞》中的地狱描绘就是这样来的。尽管我对于自己的学识，从来不敢翘尾巴，但是对自己的地狱学却颇感自傲。而且对西方的地狱，正像但丁描绘的那样，极为卑视，觉得那太简单了，同东方地狱之博大精深相比，真如小巫见大巫。由此我曾萌发一个念头，想创立一门崭新的学科：比较地狱学。

我深信，如果此学建成，我一定能蜚声国际士林，说不定就能成为诺贝尔奖金的候选人哩。

就这样，在即将进入鬼城的时候，我心里胡思乱想，几十年来对地狱的一些想法，一时逗上心头。在江雨霏霏中，神驰于三峡之外，仿佛已经走进地狱了。

多少年来，久闻丰都城的大名。我原以为丰都城会是在地下一个什么大洞中，哪能把阴司地狱摆在人世间繁华的闹市中呢？事实上，四川丰都的鬼城却确实是在繁华的闹市中。要到那里去，不是越走越深，而是拾级而上，越爬越高，地狱原来是在山顶上。山门牌坊上写着"鬼城"和"天下名山"六个大字。一进山门，就一路拾级而上，到达山顶，据说共有六百一十六级，从台阶数目上来看，恐怕要超过泰山南天门了。

山门内山明水秀，树木葱茏。时届深秋，浓绿中尚有红色和黄色的小花闪出异样的光彩，耀人眼睛。石阶砌得整整齐齐，花坛修得端端正正，毫无阴森凛冽之气。不信阴司地狱的外国旅游者当然不会有什么恐怖之感，连有些信阴司地狱的中国人也不会有这样的感觉。跟着我们走的导游小姐，是一个十七八岁的苗条秀丽的中学毕业生。她讲解得生动有趣，连印度神话中的阎摩（yama）和阎弥（yami）她都讲得头头是道。我搭讪着跟她聊天——

"你天天在阴司地狱里走，不害怕吗？"

"不害怕，只觉得很好玩。"

"你信不信阴司地狱？"

"不信。我的婆婆（奶奶）有点信的。"

"你为什么干这个工作？"

"我中学毕业后，上过训练班。有一门课，专门讲有关地狱的知识。"

"这鬼城里的老百姓不觉得阴森可怕吗？"

"一点也不，惯了。他们根本不想这里是鬼城！"

"你看过《玉历至宝钞》吗？"

"没有。"

我于是把书名告诉她，希望她能扩大关于地狱的知识面，把导游工作做得更丰富，更生动，更有趣。

同小女孩谈话以后，我原来那一点紧张别扭的心情一扫而光。还是专心一志地逛鬼城吧！我心里想。

山越爬越高，楼阁台榭等建筑越来越多。真个是："五步一楼，十步一阁，廊腰缦回，檐牙高啄，各抱地势，钩心斗角。"我没有见过阿房宫，我不知道，阿房宫是不是就是这个样子。反正这里的楼台殿阁真够繁复，真够宏伟。大概《玉历至宝钞》中所提到的楼阁，这里都有，而且还多出来了许多那里不见的宫殿。粗粗地数一下，就我记忆所及，就有下面的这些殿：报恩殿、寥阳殿、星辰墩、玉皇殿、曜灵殿，等等。报恩殿里塑着如来佛大弟子大目连的像，来自印度的"目连救母"的故事，在中国民间广泛流传。玉皇殿里供的当然就是天老爷。让我惊奇的是两边的众神像中，竟赫然有孙膑站在那里。孙膑同天老爷有什么瓜葛呢？这道理我还没有弄明白。

至于有名的鬼门关、奈河桥等，这里当然不会缺少。有趣的是奈河桥，确实是一座石桥，也并不威武雄壮。可是导游小姐却突然提高了声音说，谁要是能三步跨过这一座桥，就会有什么什么好处。大家一听，兴致猛涨，都想登桥尝试一下。我努了努力，用四步跨了过去。有的个儿矮的人，用五六步才能跨过。而身高一米九二、鹤立鸡群的冯骥才只用了一步半，就跨过了奈河桥。大家一起起哄，说冯得到的好处最多。我自己虽然是落了第，恐怕得不到多少好处了，但我也不后悔。一个人如果真正到了奈河桥上，人世间的好处对他还有什么意义呢？即使是诺贝尔、奥斯卡，不也等于镜花水月了吗？

在另一个地方，好像是一座大殿的前面或者后面，

　　　　　　　　　　　　　　　远行记

在一个牌楼前，有一个石砌的四方形的栏杆，中间有一个球形的东西嵌在地面上，是铜？是铁？看不清楚，反正是非常光滑，闪着白光。导游小姐说，谁要是用一只脚，男左女右，在球上站上两秒钟，眼睛看着前面什么地方的四个字，他又会得到什么什么好处。干这种玩意儿，我决不后人。我走上去，站在球上，大概连半秒钟都没有，脚就滑了下来。我当然又不能得到那些好处了。我毫不在意。我那阿 Q 思想又抬了头：阴间的玩意儿实在非凡地平庸，即使能站上两秒钟，又待如何呢？

又到了一个什么殿，看到了地狱里的人事部长，手持生死簿，威风凛凛地站在那里。导游小姐高声问："有姓孙的没有？有属猴的没有？"我们团里的孙车民碰巧没有在，也没有什么人自报属猴。导游小姐说："当年孙悟空大闹天宫，跑到阴司地狱里来，一手抢过生死簿，把自己的名字一笔勾掉，从此姓孙的和属猴的就都簿中无名，阎王爷没有办法召唤他们了。"我突然想到，阴司地狱里的管理工作真也应该加以改革，必须现代化了。如果把生死簿中的名字输入电脑，孙猴子本领再大，也无法把自己的名字勾掉了。岂不猗欤休哉！

在北京的时候，我曾多次说过，到八宝山去，要按年龄顺序排一个队，大家鱼贯而进，威仪俨然，谁也不要躐级抢先，反正我自己决不会像买稀罕的物品一样，匆匆挤上前去加塞儿。我们走，要走得从容不迫，表现出高度的修养。现在到了鬼城，方知道自己既不姓孙，也不属猴，是生死簿上有名的，是阎王老爷子耀武扬威欺凌的对象。心里颇有点愤愤不平。我胆子最小，平生奉公守法，不敢越雷池一步。但是此时我却忽然一反常态，决心对阎王爷加以抵抗。不管催命鬼的帽子戴得多高，也不管"你也来了"四个字写得多大，我硬是不走，我想成为一个我生平最讨厌的钉子户。对阴司的律条我是精通的，同阎王爷辩论，我决不会输给他。

也许有人会问："你这样干，不怕阎王老子那些刀山、油锅吗？"是的，刀山、油锅当然令人害怕。但是，当我们走到填满了阴司地狱里酷刑雕塑的房间时，天已经暗了下来。我们只是隔着玻璃窗子，影影绰绰地匆匆忙忙地看到了一点刀山、油锅的影子，并没有怎样感到恐怖。有人说，有心脏病的人千万不要来逛鬼城，怕受不住刀山、油锅的惊吓。我看，这些话确实夸大了。我也是戴着冠心病帽子的老人，但是我看完了刀山、油锅，依然故我，兴致盎然，健步如飞，走下山来。

我性子急，上山走在最前面，下山也走在最前面。别人还没有下来，我就坐在一棵大树下的石头栏杆上休息了。陆续有人下来了，见了我都说："季老！你做得对！山你是上不去的，坐在这里休息该多好呀！"当他们知道我已经上过山时，都多少有点吃惊。此时有人问那个活泼可爱的导游小姐，让她猜一猜我的年龄。她像在拍卖行里一样，由六十岁起价。别人说"太低"，她就逐渐提高。由六十岁经过几个步骤猜到七十岁。她迟迟疑疑，不愿意再提高，想一槌定音。经许多旁边的人多方启发、帮助，她又往上提高，几乎是一岁一步，到了八十，她无论如何也不想再提了。尽管大家嚷着说："不行，还要高！"小女孩瞪大了眼睛，不再说话了。在惊愕之余，巧笑倩兮。

这一小小的插曲颇为有趣，它结束了我的鬼城之游。

我们辞别了鬼城，辞别了导游小姐，回到船上，立即整装，参加总结酒会。接着是大宴会，觥筹交错，笑语连声，灯光闪耀，有如白日。仅在半点钟前的鬼城之游，早已成为回忆中的一点影子。如果此时站在鬼城上下望我们的游轮，这一艘正在漫漫的长江中徐徐开动的游轮，一定像一团焰焰焜耀的光辉。

1992 年 10 月 17 日

游小三峡

愧我孤陋寡闻，虽然已届耄耋之年，而且 1955 年还畅游过一次三峡；但是，直到不久以前，我还只知有大三峡，小三峡则未之见也。

最近几年来，风闻"小三峡"这个名词，我也隐隐约约朦朦胧胧地认为，这只不过是在葛洲坝修建以后，长江上游水涨，因而形成了这个所谓"小三峡"而已。我并没有什么渴望想去游历一番。

然而，世界事有大出人意料者。今年九十月之交，中国的《人民日报》与日本的《朝日新闻》联合举办"展望二十一世纪的亚洲——国际讨论会"，租了一艘长江上的豪华游轮"峨眉号"，边游三峡，边开会。我应邀参加。日程表上安排有游小三峡一项。直至此时，也还没有能引起我的注意和兴趣，我只不过觉得游一游也不错而已。

游轮驶过了闻名世界的神女峰等等景观，在巫山县停泊。在这里换小艇进入大宁河，所谓小三峡就在这里。我此时才如梦初醒：原来还真有一个小三峡呀！

在这里，我立即注意到了一个奇怪的现象。长江水由于上游水土流失极端严重，原来的清水已经变成了黄水，同黄河差不多了，而大宁河水则尚清澈。两股水汇流处，一清一黄，大有泾渭分明之概。我的耳目为之一新，精神为之一振了。我们在大三峡中已经航行了不短的距离。大自然的瑰丽奇伟的风光，已经领略了不少。我现在虽然承认了，世上真还有一个小三峡，但是，在我下意识中又萌生了一个念头：小三峡的风光决不会超过大三峡。如果真正超过了的话，那岂不是本末倒置了吗？

然而，这一回我又错了。小艇转入小三峡以后不久，我就不断地吃惊起来。这里的水势诚然比不上长江的混茫浩瀚，没有杜甫所说的那样"不尽长江滚滚来"的气势。然而水平如镜，清澈见底。两岸耸立的青山也与大三峡有所不同。在那里，岸边的悬崖绝壁，葱茏绿树，只能远观；有时还被罩在迷蒙的云雾中，不露峥嵘。在

游小三峡

这里却就在我们身边，有时简直就像悬在我们头顶上，仿佛伸手就可以摸到。峭壁千仞，我原以为不过是一句套话。这里的峭壁真有千仞，而且是拔地而起，笔直上升。其威势之大，简直让我目瞪口呆，胆战心寒。不由得你不叹宇宙之神奇。至于碧树，真是绿到无以复加的程度。这碧绿，仿佛凝结成液体，"滴翠"二字决不是夸张。我坐在小艇上，好像真感觉到这碧绿滴了下来，滴到了我的头上，滴到了别人头上，滴到了小艇中，滴到了清水中，与水的碧绿混在一起，幻成了一个碧绿的宇宙。

同是碧绿，并不单调。河回路转，岸上景色一时一变，大有山阴道上应接不暇之慨。导游小姐口若悬河，把两岸山上的著名景观说得活灵活现。同别的名胜一样，这些景观大都同中国的珍奇动物，同民间流行的神话传说联系起来，什么熊猫洞，什么猴子捞月，什么水帘洞，什么观音坐莲台，等等，等等。如果她不说，你或许不会想到。但是，经她一指点，则就越看越像，不得不佩服当地老百姓幻想之丰富了。

两岸山上，也有不是幻想的东西，确确实实是人工造成的东西。比如栈道。在悬崖峭壁上，我看到一排相隔一二尺的小方洞，是人工凿成的。方洞中插上木板，当年拉纤的奴隶就赤足走在上面。据说这样的栈道竟长达四百里。我们很容易想象出，这玩意儿有多么危险。还比如悬棺，也同样是凿在悬崖峭壁上的洞，这个洞当然要大得多，大得能容下一口棺材。我们今天很难想象，这棺材是怎样抬上去的。在中国的西南一带，有悬棺的地方颇为不少。这可能是当地民族的一种特殊的风习。

正当大家聆听导游小姐生动的讲解，欣赏两岸高山的名胜古迹时，忽然有人大喊了一声：

"猴子！猴子！"

全艇的人立刻活跃起来。我虽然老眼昏花，此时也仿佛得到了神力，似乎能明察秋毫了。我抬头向右岸的山崖上绿树丛中望过去，果然看到几只猴子，在树枝上跳来跳去。灰黄色的皮毛衬上了树的碧绿，仿佛凸出来似的，异常清晰明显。

艇上的中日人士都熟悉唐代大诗人李白的那一首著名的诗：

> 朝辞白帝彩云间，
>
> 千里江陵一日还。
>
> 两岸猿声啼不住，
>
> 轻舟已过万重山。

这是多么美妙无比的情景啊！可惜的是，三峡的猿声早

游小三峡

已消逝；很久以来就没有能听到了。我曾担心，我们的子子孙孙永远再也没有可能欣赏李白诗中的意境了。然而，眼前，就在这小三峡中，猴子居然又露了面，为小三峡增加美妙，为人类增添欢乐，我们艇上这一群人的兴奋和喜悦，还能用言语来表达吗？

全艇的人兴会淋漓，谈笑风生。本来已经够美妙绝伦的山水，仿佛更增添了几分妩媚，山仿佛更青，水仿佛更秀，连小艇也仿佛更轻，飞速地驶在绿琉璃似的水面上，撞碎了天空中白云的倒影，撞碎了青峦翠峰的倒影。我们此时真仿佛离开了人间，飘飘然驶入仙境了。

由于时间关系，我们无法走到小三峡的尽头，也就是大宁河能通航的一百二十公里。走了大约一半的路程，我们的小艇就转回头来，走上归程。

沿岸的风光我们已经看过一遍，用不着再讲解、翻译。活泼的导游小姐也坐下来休息了。又因为此时已是顺水行舟，艇速极快。艇上的人也多半坐在那里，自由交谈，甚至有人在闭目养神。一切都比较清静，没有来时那样的兴奋和激动了。

然而日本学者却突然又兴奋活跃起来。他们站起身来，又是招手，又是欢笑。原来他们在一艘逆水而上的游艇上看到了日本前首相中曾根康弘，他也来游小三峡了。这真是一次意想不到的事情。两艘游艇，一只上水，一只下水，擦肩而过，只在一瞬间。可艇中的宁静的气氛再也保持不下去了。中日双方的学者们，还有专程陪我们游览的县委书记和随从们，精神又都抖擞起来，小艇又载满了欢声笑语了。

我在这里顺便插上几句话。回到北京以后，我在《人民日报》上读到了林林同志翻译的中曾根的俳句《小三峡舟行》：

> 一泓秋水分山脉，
>
> 波光何碧绿。
>
> 伴赤壁凝立，
>
> 望澄澈之秋空。

可见此时不是政治家而是诗人的中曾根康弘先生是多么陶醉于中国的山水中而诗兴淋漓了。

回头再说我们小艇中的情景。大家看到了日本的首相来游中国的小三峡，可见小三峡吸引力之大。大家把话题一转，自然而然就转到了中日山水的比较上。日本全国山清水秀，几乎可以说，全国就是一个大花园。日本人爱美之心和洁癖，扬名世界。每一个家庭，门前总有一个小花园。哪怕只有一丈见方，也必然栽上一棵松树，种上一些花草，看上去美妙无比，真令人赏心悦目。

游小三峡

天然景色也并不缺少，像富士山、箱根等等著名的风景胜地，更真正能拴住游者的心。但是，日本毕竟是一个岛国，地方是有限的，像中国的大、小三峡，在日本是无法想象的。即使造物主想对日本垂青，他也无法把大、小三峡安放在日本列岛上。这是再明显不过的事实。

大家七嘴八舌，畅谈不休。日本朋友看上去也非常兴奋，兴致很高。他们心里怎么想，我当然不得而知。然而在这气象恢弘、鬼斧神工般的小三峡中，大自然景观的威力压在每一个人头上，令人目眩神移，谁也无法否认摆在眼前的这个事实了。

对我个人来讲，过去不知道有多少次了，我目击祖国的名山大川，常常感慨万端。过去我朦朦胧胧不甚了了的小三峡，现在又摆在我的眼前，我说不出话来。自然的伟大和威力，我这一支拙笔是描绘不出来的。我虔心默祝，感谢大自然独垂青于我中华，独钟爱我们的赤县神州。我感到骄傲，感到光荣，觉得我们这一片土地真是非常可爱的。这种感觉或者感情，将永远保留在我内心深处。

1992 年 11 月 24 日

欧游篇

在赤都

　　莫斯科是当时全世界唯一的一个社会主义国家的首都，颇具神秘色彩，是世界上许多人所向往的地方。我也颇感兴趣。

　　任何行车时间表上，也都没有在这里停车两天的规定。然而据以前的旅行者说，列车到了莫斯科，总用种种借口，停上一天。我想，原因是十分明显的。苏联当局想让我们这些资本主义国家的人，领略一下社会主义的风采，沾一点社会主义的甘露，给我们洗一洗脑筋，让我们在大吃一惊之余，转变一下自己的世界观，在灰色上涂上一点红。

　　对我们青年来说，赤都不是没有吸引力的。我个人心里却有一点矛盾。我对外蒙古"独立"问题，很不理解。现在我自己到了苏联的首都，由于沿途的经历并没能给我留下什么好印象，如今要我们在赤都留上一天看一看，那就看一看吧。

火车一停，路局就宣布停车一天，修理车辆。接着来了一位女导游员，年轻貌美，白脸长身，穿着非常华贵、时髦，涂着口红，染着指甲，一身珠光宝气。我确实大吃一惊。当时还没有"极左"这个词儿，我的思想却是"极左"的。我想象中的"普罗"小姐完全不是这个样子。我眼前这一位"普罗"，同资产阶级贵小姐究竟还有什么区别呢？她的灵魂也可能是红色的，但那我看不见。我看见的却让我大惑不解，惘惘然看着这位搔首弄姿的俄国女郎。

我们这一群外国旅客被送上一辆大轿车，到莫斯科市内去观光。导游小姐用英文讲解。车子走到一个什么地方，眼前一片破旧的大楼，导游说：在第几个五年计划，这座楼将被拆掉，盖上新楼。这很好，难道说还不好吗？车子到了另一个地方，导游又冷漠地说：在第几个五年计划，这片房子将被拆掉，盖成新楼。这仍然很好，难道说不好吗？但是，接着到了第三个地方、第四个地方，导游说的仍然是那一套，只是神色更加冷漠，脸含冰霜，毫无表情。我们一座新楼也没有看到，只是学了一下苏联的五年计划。我疑团满腹：哪怕是给我们看一座新楼呢，这样不是会更好吗？难道这就叫社会主义吗？

这一位导游女郎最后把我们带到一幢非常富丽堂皇的大楼里面。据说这是十月革命前一位沙皇大臣的官邸，现在是国家旅游总局的招待所。大理石铺地，大理石砌墙，大理石柱子，五光十色，金碧辉煌，天花板上悬挂的玻璃大吊灯，至少有十米长。我仿佛置身于一个神话世界。这里的工作人员，年轻貌美的女郎居多数，个个唇红齿白，十指纤纤，指尖上闪着红光；个个珠光宝气，气度非凡。我刚从荒寒的西伯利亚来到这里，莽莽苍苍的原始森林的影子，还留在脑海中，一旦置身此地，不但像神话世界，简直像太虚幻境了。

其他旅客，有的留在这里吃午饭，花费美元，毫无可疑。我们几个中国学生，应中国驻莫斯科大使馆一位清华同学的邀请，到一家餐馆里去吃饭。这家饭店也十分豪华，我生平第一次品尝到俄国名贵的鱼子酱。其他菜肴也都精美无比。特别是我们这一群在火车上啃了八天干"裂巴"的年轻人，见到这样的好饭，简直像饿鬼扑食一般，开怀畅吃。我们究竟吃了多少，谁也没去注意。反正这是我一生最精美、最难忘的一餐，足可以载入史册了。饭后算账，共付三百卢布，约二百美元。我们都非常感激我们这位老同学谢子敦先生。可惜以后，由于风云屡变，我竟没有同他再联系。他还活在人间吗？时间已经逝去半个多世纪，我现在虔心为他祝福！

晚上，我们又回到火车上。同车的外国旅客又聚会了。那一位在火车上索要"开开水"的老太太，还有那一位在满洲里海关上劝我忍耐的老头，都回来了。我问老头，他们在哪里吃的午饭？老头向我狡猾地挤了一挤眼睛，告诉我，他们吃了一顿非常精美而又非常便宜的饭。他看到我大惑不解的神情，低声对我说：他们在哈尔滨时已经在黑市上，用美元换了卢布，同官价相差十几倍。在莫斯科，他们也有路子，能够用美元在黑市上换卢布。因此他们只需花上八个美元，便可以美美地"嘬"上一顿。我恍然大悟：这些人都是旅行的老油子，神通广大，无孔不入。然而，事隔半个多世纪以后，那里依然黑市猖獗，这就不能不发人深省了。

一宿无话，夜里不知是在什么时候，火车又开动了。第二天下午，到了苏联与波兰接界的地方，叫斯托尔扑塞（Stolpe），在这里换乘波兰车。晚上过波京华沙。14日（注：原文如此，疑时间有误）晨四时进入德国境内。

在波兰境内行驶时，上下车的当然都是波兰人。这些人同俄国人有很大的不同，他们衣着比较华丽，态度比较活泼，而且有相当高的外语水平，很多人除了本国话以外，能讲俄语和德语，少数人能讲一点英语。这样一来，我们跟谁都能"明白"了，用不着再像在苏联一样，用手势来说话了。霎时间，车厢里就热闹了起来。波兰人显然对中国人也感兴趣。我们就乱七八糟地用德语和英语交谈起来。不知道是在什么时候，一个年纪很轻的波兰女孩子悄没声地走进了车厢：圆圆的脸庞，两只圆圆的眼睛，晶莹澄澈，天真无邪，环顾了一下四周，找了一个座位，坦然地坐了下来。我们几个中国学生都觉得很有趣，便搭讪着用英语同她交谈，没想到，她竟然会说英语，而且大大方方地回答我们的提问，一点扭捏的态度也没有。我们问她的名字。她说，叫 Wala。这有点像中文里面的"哇啦"。同行的谢家泽立刻大笑起来，嘴里"哇啦！哇啦！"不止。小女孩子显然有点摸不着头脑，圆睁双目，瞪着小谢，脸上惊疑不定。后来我们越谈越热闹，小小的车厢里，充满了笑语声。坐在我身旁的一位中年男子，看了看小女孩子，对我撇了撇嘴，露出一副鄙夷的神情。我大惑不解，我也没有看出，这个小女孩子身上究竟有什么值得鄙夷的地方。这一下子轮到我"丈二和尚，摸不着头脑"了。小女孩子和其他中国学生都根本没有注意到这位中年人的撇嘴，依然谈笑不辍。这时车厢里更加热闹了，颇有点中国古书上所说的"履舄交错"的样子。我不记得，小女孩子什么时候离开了车厢。萍水相聚，转瞬永别。这在人生中时刻都能遇到的情况，不值得大惊小怪。但是同这个波兰小女孩子的萍水相聚，我却怎么也不能忘怀，十年以后，我终于写成了一篇散文《Wala》。

早晨八时，火车到了德国首都柏林。长达十日的长途火车旅行就在这里结束。

初抵柏林

　　柏林是我这一次万里长途旅行的目的地，是我的留学热的最后归宿，是我旧生命的结束，是我新生命的开始。在我眼中，柏林是一个无比美妙的地方。经过长途劳顿，跋山涉水，我终于来到了。我心里的感觉是异常复杂的，既有兴奋，又有好奇；既有兴会淋漓，又有忐忑不安。从当时不算太发达的中国，一下子来到这里，置身于高耸的楼房之中，漫步于宽敞的长街之上，自己宛如大海中的一滴水。

　　清华老同学赵九章等，到车站去迎接我们，为我们办理了一切应办的手续，使我们避免了许多麻烦，在离开家乡万里之外，感到故园的温暖。然而也有不太愉快的地方。我在上面提到的敦福堂，在柏林车站上，表演国伦敦找房子的情况。那是非常困难的。如果出租招贴上没有明说可以租给中国人，你就别去问，否则一定会碰钉子。在德国则没有这种情况。在柏林，你可以租到任何房子。只有少数过去中国学生住过的房子是例外。在这里你会受到白眼，遭到闭门羹。个中原因，一想便知，用不着我来啰唆了。

说到犹太人，我必须讲一讲当时犹太人在德国的处境，顺便讲一讲法西斯统治的情况。法西斯头子希特勒于 1933 年上台。我是 1935 年到德国的，我一直看到他恶贯满盈，自杀身亡，几乎与他的政权相始终。对德国法西斯政权，我是目击者，是有点儿发言权的。我初到的时候，柏林的纳粹味还不算太浓；当然已经有了一点儿。希特勒的相片到处悬挂，"卐"字旗也随处可见。人们见面时，不像以前那样说一声"早安""日安""晚安"等等，分手时也不说"再见"，而是右手一举，喊一声"希特勒万岁"便能表示一切。我们中国学生，不管在什么地方，到饭馆去吃饭，进商店去买东西，总是一仍旧贯，说我们的"早安"等等，出门时说"再见"。有的德国人，看我们是外国人，也用旧方式向我们表示敬意。但是，大多数人仍然喊他们的"万岁"！我们各行其是，互不干扰，并没有遇到什么不如意的事情。根据法西斯圣经希特勒《我的奋斗》，犹太人和中国人都被列为劣等民族，是人类文化的破坏者，而金黄头发的"北方人"，则被法西斯认为是优秀民族，是人类文化的创造者。可惜的是，据个别人偷偷地告诉我，希特勒自己那一副尊容，他那满头的黑红相间的头发，一点儿也不"北方"，成为极大的讽刺。不管怎样，中国人在法西斯眼中，反正是劣等民族，同犹太人成为难兄难弟。

在这里，需要讲一点儿欧洲历史。欧洲许多国家仇视犹太人，由来久矣。有莎士比亚的名剧《威尼斯商人》可以为证。在中世纪，欧洲一些国家就发生过大规模屠杀犹太人的惨剧。在这方面，希特勒只是继承过去的衣钵，他并没有什么发明创造。如果有的话，那就是，他对犹太人进行了"科学的"定性分析。在他那一架政治化学天平上，他能够确定犹太人的"犹太性"，计有百分之百的犹太人，也就是，祖父母和父母双方都是犹太人；二分之一犹太人，就是父母双方一方为犹太人；四分之一犹太人，就是祖父母或外祖父母一方为犹太人，其余都是德国人；八分之一等等，依此类推。这就是纳粹"民族政策"的理论根据。百分之百的犹太人必须迫害，决不手软；二分之一的稍逊。至于四分之一的则是处在政策的临界线上，可以暂时不动；八分之一以下则可以纳入人民内部，不以敌我矛盾论处了。我初到柏林的时候，此项政策大概刚进行了第一阶段，迫害还只限于全犹太人和一部分二分之一者，后来就愈演愈烈了。我的房东可能属于二分之一者，所以能暂时平安。希特勒们这一架特制的天平，能准确到什么程度，我是门外人，不敢多说。但是，德国人素以科学技术蜚声天下，天平想必是可靠的了。

至于德国普通老百姓怎样看待迫害这犹太人的事件，我初来乍到，不敢乱说。德国人总的来说是很可爱的，很淳朴老实的。他们毫无油滑之气，有时候看起来甚至有些笨手笨脚，呆头呆脑的。比如说，你到商店里去买东西，店员有时候要找钱。你买了七十五分尼的东西，付了一马克。若在中国，店主过去用算盘，今天用计算器，或者干脆口中念念有词：三五一十五，三六一十八，一口气说出了应该找的钱数：二十五分尼。德国店员什么也不用，他先说七十五分尼，把五分尼摆在桌子上，说一声：八十分尼；然后再摆一个十分尼，说一声：九十分尼；最后再摆一个十分尼，说一声：一马克，于是完了，皆大欢喜。

我还遇到过一件小事，更能说明德国人的老实忠厚。根据我的日记，这件事情发生在9月17日。我的表坏了，走到大街上一个钟表店去修理，约定第二天去拿。可是我初到柏林，在高楼大厦的莽丛中，在车水马龙的喧闹中，我仿佛变成了初进大观园的刘姥姥，晕头转向，分不出东西南北。第二天，我出去取表的时候，影影绰绰，隐隐约约，记得是这个表店，迈步走了进去。那个店员老头，胖胖的身子，戴一副老花镜，同昨天见的那一个一模一样。我拿出了发票，递给他，他就到玻璃橱里去找我的表，没有。老头有点儿急了，额头上冒出了汗珠，从眼镜上面射出了目光，看着我，说："你明天再来一趟吧！"我回到家，心里直念叨这一件事。第二天又去了，表当然找不到。老头更急了，额头上冒出了更多的汗珠，手都有点儿发抖了。在玻璃橱里翻腾了半天，忽然灵光一闪，好像上帝佑护，他仔细看了看发票，说："这不是我的发票！"我于是也恍然大悟，是我找错了门。这一件小事我曾写过一篇散文：《表的喜剧》，收在我的散文集里。

这样的洋相，我还出过不少次。我只说一次。德国人每天只吃一顿热餐，这就是中午。晚饭则只吃面包和香肠、干奶酪等等，佐之以热茶。有一天，我到肉食店里去买了点儿香肠，准备回家去吃晚饭。晚上，我兴致勃勃地泡了一壶红茶，准备美美地吃上一顿。但是，一咬香肠，觉得不是味，原来里面的火腿肉全是生的。我大为气愤，愤愤不平："德国人竟这样戏弄外国人，简直太不像话了，真正岂有此理！"连在梦中，也觉得难咽下这一口气去。第二天一大早，我就到那个肉食店里去，摆出架势，要大兴问罪之师。一位女店员，听了我的申诉，看了看我手中拿的香肠，起初有点儿大惑不解，继而大笑起来。她告诉我说："在德国，火腿都是生吃的，有时连肉也生吃，而且只有最好最新鲜的肉，才能生吃。"我还有什么话好说呢？自己是一个地道的阿木林。

我到德国来，不是专门来吃香肠的，我是来念书的。要想念好书，必须先学好德语。我在清华学德语，虽然四年得了八个优，其实是张不开嘴的。来到柏林，必须补习德语口语，不再成为哑巴。远东协会的林德（Linde）和罗哈尔（Rochall）博士热心协助，带我到柏林大学的外国学院去，见到校长，他让我念了几句德文，认为满意，就让我参加柏林大学外国留学生德语班的最高班。从此我就成了柏林大学的学生，天天去上课。教授名叫赫姆（Höhm），我从来没有遇到这样好的外语教员。他发音之清晰，讲解之透彻，简直达到了神妙的程度。在 9 月 20 日的日记里，我写道："教授名叫 Höhm，真讲得太好了，好到不能说。我是第一次听德文讲书，然而没有一句不能懂，并不是我的听的能力大，只是他说得太清楚了。"可见我当时的感受。我上课时，总和乔冠华在一起。我们每天乘城内火车到大学去上课，乐此不疲。

说到乔冠华，我要讲一讲我同他的关系，以及同其他中国留学生中我的熟人的关系，也谈一谈一般中国学生的情况。我同乔是清华同学，他是哲学系，比我高两级。在校时，他经常腋下夹一册又厚又大的德文版黑格尔全集，昂首阔步，旁若无人，徜徉于清华园中。因为不是一个行道，我们虽认识，但并不熟。同被录取为交换研究生，才熟了起来。到了柏林以后，更是天天在一起，几乎形影不离。我们共同上课、吃饭、访友、游玩婉湖（Wansee）和动物园。我们都是书呆子，念念不忘逛旧书铺，颇买了几本好书。他颇有些才气，有一些古典文学的修养。我们很谈得来。有时候闲谈到深夜，有几次就睡在他那里。我们同敦福堂已经几乎断绝了往来，我们同他总有点儿格格不入。我们同一般的中国留学生也不往来，同这些人更是格格不入，毫无共同的语言。

当时在柏林的中国留学生，人数是相当多的。原因并不复杂。我前面谈到"镀金"的问题，到德国来镀的金是24K金，在中国社会上声誉卓著，是抢手货。所以有条件的中国青年趋之若鹜。这样的机会，大官儿们和大财主们，是决不会放过的，他们纷纷把子女派来，反正老子有的是民脂民膏，不愁供不起纨绔子弟们挥霍浪费。蒋介石、宋子文、孔祥熙、冯玉祥、戴传贤、居正，以及许许多多的国民党的大官，无不有子女或亲属在德国，而且几乎都聚集在柏林。因为这里有吃，有喝，有玩，有乐，既不用上学听课，也用不着说德国话。有一部分留德学生，只需要四句简单的德语，就能够供几年之用。早晨起来，见到房东，说一声"早安！"就甩手离家，到一个中国饭馆里，洗脸，吃早点，然后打上几圈麻将，就到了吃午饭的时候。午饭后，相约出游。晚饭时回到饭馆。深夜回家，见到房东，说一声"晚安"，一天就过去了。再学上一句"谢谢"，加上一句"再见"，语言之功毕矣。我不能说这种人很多，但确实是有，这是事实，无法否认。

我同乔冠华曾到中国饭馆去吃过几次饭。一进门，高声说话的声音，吸溜呼噜喝汤的声音，吃饭呱唧嘴的声音，碗筷碰盘子的声音，汇成了一个大合奏，其势如暴风骤雨，迎面扑来。我仿佛又回到了中国。欧洲人吃饭，都是异常安静的，有时甚至正襟危坐，喝汤决不许出声，吃饭呱唧嘴更是大忌。我不说，这就是天经地义，但是总能给人以文明的印象，未可厚非。我们的留学生把祖国的这一份"国粹"，带到了万里之外，无论如何，也让人觉得不舒服。再看一看一些国民党的"衙内"们那种狂傲自大、唯我独尊的神态。听一听他们谈话的内容：吃、喝、玩、乐，甚至玩女人、嫖娼妓等等。像我这样的乡下人实在有点儿受不了。他们眼眶里根本没有像我同乔冠华这样的穷学生。然而我们眼眶里又何尝有这一批卑鄙龌龊的纨绔子弟呢？我们从此再没有进这里中国饭馆的门。

但是，这些"留学生"的故事，却接二连三地向我们耳朵里涌，什么稀奇古怪的事情都有。很多留学生同德国人发生了纠葛，有的要法律解决。既然打官司，就需要律师。德国律师很容易找，但花费太大。于是有识之士应运而生。有一位老留学生，在柏林待得颇有年头了，对柏林的大街小巷，五行八作，都了如指掌，因此绰号叫"柏林土地"，真名反隐而不扬。此公急公好义，据说学的是法律，他公开扬言，要用自己的专业知识，替中国留学生打官司，分文不取，连车马费都自己掏腰包。我好像是没有见到这一位英雄。对他我心里颇有些矛盾，一方面钦佩他的义举，一方面又觉得十分奇怪。这个人难道说头脑是正常的吗？

柏林的中国留学生界，情况就是这个样子。10月17日的日记里，我写道："在没有出国以前，我虽然也知道留学生的泄气，然而终究对他们存着敬畏的观念，觉得他们终究有神圣的地方，尤其是德国留学生。然而现在自己也成了留学生了。在柏林看到不知道有多少中国学生，每人手里提着照相机，一脸满不在乎的神气。谈话，不是怎样去跳舞，就是国内某某人做了科长了，某某做了司长了。不客气地说，我简直还没有看到一个像样的'人'。到今天我才真知道了留学生的真面目！"这都是原话，我一个字也没有改。从中可见我当时的真实感情。我曾动念头，写一本《新留西外史》。如果这一本书真能写成的话，我相信，它一定会是一部杰作，洛阳纸贵，不卜可知。可惜我在柏林待的时间太短，只有一个多月，致使这一部杰作没能写出来，真要为中国文坛惋惜。

　　我到德国来念书，柏林只是一个临时站，我还要到别的地方去的。但是，到哪里去呢？德国学术交换处的魏娜（Wiehner），最初打算把我派到东普鲁士的哥尼斯堡（Königsberg）大学去。德国最伟大的古典哲学家康德就在这里担任教授。这当然是一个十分令人神往的地方。但是这地方离柏林较远，比较偏僻，我人地生疏，表示不愿意去。最后，几经磋商，改派我到哥廷根

（Göttingen）大学去，我同意了。我因此就想到，人的一生实在非常复杂，因果交互影响。我的老师吴宓先生有两句诗："世事纷纭果造因，错疑微似便成真。"这的确是很有见地的话，是参透了人生真谛才能道出的。如果我当年到了哥尼斯堡，那么我的人生道路就会同今天的截然不同。我不但认识不了西克（Sieg）教授和瓦尔德施密特（Waldschmidt）教授，就连梵文和巴利文也不会去学。这样一个季羡林今天会是什么样子呢？那只有天晓得了。

决定到哥廷根去，这算是大局已定，我心头的一块石头落了地。我到处打听哥廷根的情况，幸遇老学长乐森玙先生。他正在哥廷根大学读书，现在来柏林办事。他对我详细谈了哥廷根大学的情况。我心中的疑团尽释，大有耳聪目明之感。又在柏林待了一段时间，最后在大学开学前终于离开了柏林。我万万没有想到，此番一去就是七年，没有再回来过。我不喜欢柏林，也不喜欢这里那些成群结队的中国留学生。

哥廷根

我于1935年10月31日，从柏林到了哥廷根。原来只打算住两年，焉知一住就是十年整，住的时间之长，在我的一生中，仅次于济南和北京，成为我的第二故乡。

哥廷根是一个小城，人口只有十万，而流转迁移的大学生有时会到二三万人，是一个典型的大学城。大学已有几百年的历史，德国学术史和文学史上许多显赫的名字，都与这所大学有关。以他们的名字命名的街道，到处都是。让你一进城，就感到洋溢全城的文化气和学术气，仿佛是一个学术乐园，文化净土。

哥廷根素以风景秀丽闻名全德。东面山林密布。一年四季，绿草如茵。即使冬天下了雪，绿草埋在白雪下，依然翠绿如春。此地，冬天不冷，夏天不热，从来没遇到过大风。既无扇子，也无蚊帐，苍蝇、蚊子成了稀有动物，跳蚤、臭虫更是闻所未闻。街道洁净得邪性，你躺在马路上打滚，决不会沾上任何一点尘土。家家的老太婆用肥皂刷洗人行道，已成为家常便饭。在城区中心，房子都是中世纪的建筑，至少四五层。人们置身其中，仿佛回到了中世纪去。古代的城墙仍然保留着，上面长满了参天的橡树。我在清华念书时，喜欢读德国短命抒情诗人荷尔德林（Hölderlin）的诗歌，他似乎非常喜欢橡树，诗中经常提到它。可是我始终不知道，橡树是什么样子。今天于无意中遇之，喜不自胜。此后，我常常到古城墙上来散步，在橡树的浓荫里，四面寂无人声，我一个人静坐沉思，成为哥廷根十年生活中最有诗意的一件事，至今忆念难忘。

我初到哥廷根时，人地生疏。老学长乐森玙先生到车站去接我，并且给我安排好了住房。房东姓欧朴尔（Oppel），老夫妇俩，只有一个儿子。儿子大了，到外城去上大学，就把他住的房间租给我。男房东是市政府的一个工程师，一个典型的德国人，老实得连话都不大肯说。女房东大约有五十来岁，是一个典型的德国家庭妇女，受过中等教育，能欣赏德国文学，喜欢德国古典音乐，趣味偏于保守，一提到爵士乐，就满脸鄙夷的神气，冷笑不止。她有德国妇女的一切优点：善良、正直，能体贴人，有同情心。但也有一些小小的不足之处，比如，她有一个最好的朋友，一个寡妇，两个人经常来往。有一回，她这位女友看到她新买的一顶帽子，喜欢得不得了，想照样买上一顶，她就大为不满，对我讲了她对这位女友的许多不满意的话。原来西方妇女——在某些方面，男人也一样——绝对不允许别人戴同样的帽子，穿同样的衣服。这一点我们中国人无论如何也是难以理解的。从这里可以看出，我这位女房东小市民习气颇浓。然而，瑕不掩瑜，她是我生平遇到的最好的妇女之一，善良得像慈母一般。

我就是在这样一个只有一对老夫妇的德国家庭里住了下来，同两位老人晨昏相聚，成为这个家庭的一员，一住就是十年，没有搬过一次家。我在这里先交代这个家庭的一般情况，细节以后还要谈到。

我初到哥廷根时的心情怎样呢？为了真实起见，我抄一段我到哥廷根后第二天的日记：

终于又来到哥廷根了。这以后，在不安定的漂泊生活里会有一段比较长一点的安定的生活。我平常是喜欢做梦的，而且我还自己把梦涂上种种的彩色。最初我做到德国来的梦，德国是我的天堂，是我的理想国。我幻想德国有金黄色的阳光，有 Wahrheit（真），有 Schönheit（美）。我终于把梦捉住了，我到了德国。然而得到的是失望和空虚。我的一切希望都泡影似的幻化了去。然而，立刻又有新的梦浮起来。我梦想，我在哥廷根，在这比较长一点的安定的生活里，我能读一点书，读点古代有过光荣而这光荣将永远不会消灭的文字。现在又终于到了哥廷根了。我不知道我能不能捉住这梦。其实又有谁能知道呢？

1935 年 11 月 1 日

从这一段日记里可以看出，我当时眼前仍然是一片迷茫，还没有找到自己要走的道路。

重返哥廷根

我真是万万没有想到，经过了三十五年的漫长岁月，我又回到这个离开祖国几万里的小城里来了。

我坐在从汉堡到哥廷根的火车上，我简直不敢相信这是事实。难道是一个梦吗？我频频问着自己。这当然是非常可笑的，这毕竟就是事实。我脑海里印象历乱，面影纷呈。过去三十多年来没有想到的人，想到了；过去三十多年来没有想到的事，想到了。我那一些尊敬的老师，他们的笑容又呈现在我眼前。我那像母亲一般的女房东，她那慈祥的面容也呈现在我眼前。那个宛宛婴婴的女孩子伊尔穆嘉德，也在我眼前活动起来。那窄窄的街道、街道两旁的铺子、城东小山的密林、密林深处的小咖啡馆、黄叶丛中的小鹿，甚至冬末春初时分从白雪中钻出来的白色小花雪钟，还有很多别的东西，都一齐争先恐后地呈现到我眼前来。一霎时，影像纷乱，我心里也像开了锅似的激烈地动荡起来了。

火车一停，我飞也似的跳了下去，踏上了哥廷根的土地。忽然有一首诗涌现出来：

> 少小离家老大回，
>
> 乡音无改鬓毛衰。
>
> 儿童相看不相识，
>
> 笑问客从何处来。

怎么会涌现这样一首诗呢？我一时有点儿茫然、懵然。但又立刻意识到，这一座只有十来万人的异域小城，在我的心灵深处，早已成为我的第二故乡了。我曾在这里度过整整十年，是风华正茂的十年。我的足迹印遍了全城的每一寸土地。我曾在这里快乐过，苦恼过，追求过，幻灭过，动摇过，坚持过。这一座小城实际上决定了我一生要走的道路。这一切都不可避免地要在我的心灵上打上永不磨灭的烙印。我在下意识中把它看作第二故乡，不是非常自然的吗？

我今天重返第二故乡，心里面思绪万端，酸甜苦辣，一齐涌上心头。感情上有一种莫名其妙的重压，压得我喘不过气来，似欣慰，似惆怅，似追悔，似向往。小城几乎没有变。市政厅前广场上矗立的有名的抱鹅女郎的铜像，同三十五年前一模一样。一群鸽子仍然像从前一样在铜像周围徘徊，悠然自得。说不定什么时候一声呼哨，飞上了后面大礼拜堂的尖顶。我仿佛昨天才离开这里，今天又回来了。我们走下地下室，到地下餐厅去吃饭。里面陈设如旧，座位如旧，灯光如旧，气氛如旧。连那年轻的服务员也仿佛是当年的那一位。我仿佛昨天晚上才在这里吃过饭。广场周围的大小铺子都没有变。那几家著名的餐馆，什么"黑熊""少爷餐厅"等等，都还在原地。那两家书店也都还在原地。总之，我看到的一切都同原来一模一样。我真的离开这座小城已经三十五年了吗？

但是，正如中国古人所说的，江山如旧，人物全非。环境没有改变，然而人物却已经大大地改变了。我在火车上回忆到的那一些人，有的如果还活着的话年龄已经过了一百岁。这些人的生死存亡就用不着去问了。那些计算起来还没有这样老的人，我也不敢贸然去问，怕从被问者的嘴里听到我不愿意听的消息。我只绕着弯子问上那么一两句，得到的回答往往不得要领，模糊得很。这不能怪别人，因为我的问题就模糊不清。我现在非常欣赏这种模糊，模糊中包含着希望。可惜就连这种模糊也不能完全遮盖住事实。结果是：

　　访旧半为鬼，

　　惊呼热中肠。

我只能在内心里用无声的声音来惊呼了。

　　在惊呼之余，我仍然坚持怀着沉重的心情去访旧。首先我要去看一看我住过整整十年的房子。我知道，我那母亲般的女房东欧朴尔太太早已离开了人世。但是房子却还存在，那一条整洁的街道依旧整洁如新。从前我经常看到一些老太太用肥皂来洗刷人行道，现在这人行道仍然像是刚才洗刷过似的，躺下去打一个滚，决不会沾上一点儿尘土。街拐角处那一家食品商店仍然开着，明亮的大玻璃窗子里面陈列着五光十色的食品。主人却不知道已经换了第几代了。我走到我住过的房子外面，抬头向上看，看到三楼我那一间房子的窗户，仍然同以前一样摆满了红红绿绿的花草，当然不是出自欧朴尔太太之手。我蓦地一阵恍惚，仿佛我昨晚才离开，今天又回家来了。我推开大门，大步流星地跑上三楼。我没有用钥匙去开门，因为我意识到，现在里面住的是另外一家人了。从前这座房子的女主人恐怕早已安息在什么墓地里了，墓上大概也栽满了玫瑰花吧。我经常梦见这所房子，梦见房子的女主人，如今却是人去楼空了。我在这里度过的十年中，有愉快，有痛苦，经历过轰炸，忍受过饥饿。男房东逝世后，我多次陪着女房东去扫墓。我这个异邦的青年成了她身边的唯一的亲人，无怪我离开时她嚎啕痛哭。我回国以后，最初若干年，还经常通信。后来时移事变，就断了联系。我曾痴心妄想，还想再见她一面。而今我确实又来到了哥廷根，然而她却再也见不到，永远永远地见不到了。

我徘徊在当年天天走过的街头。这里什么地方都有过我的足迹。家家门前的小草坪上依然绿草如茵。今年冬雪来得早了一点儿。十月中，就下了一场雪。白雪、碧草、红花，相映成趣。鲜艳的花朵赫然傲雪怒放，比春天和夏天似乎还要鲜艳。我在一篇短文《海棠花》里描绘的那海棠花依然威严地站在那里。我忽然回忆起当年的冬天，日暮天阴，雪光照眼，我扶着我的吐火罗文和吠陀语老师西克教授，慢慢地走过十里长街。心里面感到凄清，但又感到温暖。回到祖国以后，每当下雪的时候，我便想到这一位像祖父一般的老人。回首前尘，已经有四十多年了。

我也没有忘记当年几乎每一个礼拜天都到的席勒草坪。它就在小山下面，是进山必由之路。当年我常同中国学生或者德国学生，在席勒草坪散步之后，就沿着弯曲的山径走上山去。曾登上俾斯麦塔，俯瞰哥廷根全城；曾在小咖啡馆里流连忘返；曾在大森林中茅亭下躲避暴雨；曾在深秋时分惊走觅食的小鹿，听它们脚踏落叶一路窸窸窣窣地逃走。甜蜜的回忆是写也写不完的。今天我又来到这里。碧草如旧，亭榭犹新。但是当年年轻的我已颓然一翁，而旧日游侣早已荡若云烟，有的离开了这个世界，有的远走高飞，到地球的另一半去了。此情此景，人非木石，能不感慨万端吗？

我在上面讲到江山如旧，人物全非。幸而还没有真正地全非。几十年来我昼思梦想最希望还能见到的人，最希望他们还能活着的人，我的"博士父亲"，瓦尔德施密特教授和夫人居然还都健在。教授已经是八十三岁高龄，夫人比他寿更高，是八十六岁。一别三十五年，今天重又会面，真有相见翻疑梦之感。老教授夫妇显然非常激动，我心里也如波涛翻滚，一时说不出话来。我们围坐在不太亮的电灯光下，杜甫的名句一下子涌上我的心头：

人生不相见，

动如参与商。

今夕复何夕？

共此灯烛光。

四十五年前我初到哥廷根我们初次见面，以及以后长达十年相处的情景，历历展现在眼前。那十年是剧烈动荡的十年，中间插上了一个第二次世界大战，我们没有能过上几天好日子。最初几年，我每次到他们家去吃晚饭时，他那个十几岁的独生儿子都在座。有一次教授同儿子开玩笑："家里有一个中国客人，你明天到学校去又可以张扬吹嘘一番了。"哪里知道，大战一爆发，儿子就被征从军，一年冬天，战死在北欧战场上。这对他们夫妇俩的打击，是无法形容的。不久，教授也被征从军。他心里怎样想，我不好问，他也不好说。看来是默默地忍受痛苦。他预定了剧院的票，到了冬天，剧院开演，他不在家，每周一次陪他夫人看戏的任务，就落到我肩上。深夜，演出结束后，我要走很长的道路，把师母送到他们山下林边的家中，然后再摸黑走回自己的住处。在很长的时间内，他们那一座漂亮的三层楼房里，只住着师母一个人。

　　他们的处境如此，我的处境更要糟糕。烽火连年，家书亿金。我的祖国在受难，我的全家老老小小在受难，我自己也在受难。中夜枕上，思绪翻腾，往往彻夜不眠。而且头上有飞机轰炸，肚子里没有食品充饥，做梦就梦到祖国的花生米。有一次我下乡去帮助农民摘苹果，报

重返哥廷根

酬是几个苹果和五斤土豆。回家后一顿就把五斤土豆吃了个精光，还并无饱意。

大概有六七年的时间，情况就是这个样子。我的学习、写论文、参加口试、获得学位，就是在这种情况下进行的。教授每次回家度假，都听我的汇报，看我的论文，提出他的意见。今天我会的这一点点东西，哪一点儿不包含着教授的心血呢？不管我今天的成就还是多么微小，如果不是他怀着毫不利己的心情对我这一个素昧平生的异邦的青年加以诱掖教导的话，我能够有什么成就呢？所有这一切我能够忘记得了吗？

现在我们又会面了。会面的地方不是在我所熟悉的那一所房子里，而是在一所豪华的养老院里。别人告诉我，他已经把房子赠给哥廷根大学印度学和佛教研究所，把汽车卖掉，搬到这一所养老院里来了。院里富丽堂皇，应有尽有，健身房、游泳池，无不齐备。据说，饭食也很好。但是，说句不好听的话，到这里来的人都是七老八十的人，多半行动不便。对他们来说，健身房和游泳池实际上等于聋子的耳朵。他们不是来健身，而是来等死的。头一天晚上还在一起吃饭、聊天，第二天早晨说不定就有人见了上帝。一个人生活在这样的环境中，心情如何，概可想见。话又说了回来，教授夫妇孤苦伶仃，不到这里来，又到哪里去呢？

就是在这样一个地方，教授又见到了自己几十年没有见面的弟子。他的心情是多么激动，又是多么高兴，我无法加以描绘。我一下汽车就看到在高大明亮的玻璃门里面，教授端端正正地坐在圈椅上，他可能已经等了很久，正望眼欲穿哩。他瞪着慈祥昏花的双目瞧着我，仿佛想用目光把我吞了下去。握手时，他的手有点儿颤抖。他的夫人更是老态龙钟，耳朵聋，头摇摆不停，同三十多年前完全判若两人了。师母还专为我烹制了当年我在她家常吃的食品。两位老人齐声说："让我们好好地聊一聊老哥廷根的老生活吧！"他们现在大概只能用回忆来填充日常生活了。我问老教授还要不要中国关于佛教的书，他反问我："那些东西对我还有什么用呢？"我又问他正在写什么东西。他说："我想整理一下以前的旧稿；我想，不久就要打住了！"从一些细小的事情上来看，老两口的意见还是有一些矛盾的。看来这相依为命的一双老人的生活是阴沉的、郁闷的。在他们面前，正如鲁迅在《过客》中所写的那样："前面？前面，是坟。"

我心里陡然凄凉起来。老教授毕生勤奋，著作等身，名扬四海，受人尊敬，老年就这样度过吗？我今天来到这里，显然给他们带来了极大的快乐。一旦我离开这里，他们又将怎样呢？可是，我能永远在这里待下去吗？我真有点儿依依难舍，尽量想多待些时候。但是，千里凉棚，没有不散的筵席。

我站起来，想告辞离开。老教授带着乞求的目光说："才十点多钟，时间还早嘛！"我只好重又坐下。最后到了深夜，我狠了狠心，向他们说了声："夜安！"站起来，告辞出门。老教授一直把我送下楼，送到汽车旁边，样子是难舍难分。此时我心潮翻滚，我明确地意识到，这是我们最后一面了。但是，为了安慰他，或者欺骗他，也为了安慰我自己，或者欺骗我自己，我脱口说了一句话："过一两年，我再回来看你！"声音从自己嘴里传到自己耳朵，显得空荡、虚伪，然而却又真诚。这真诚感动了老教授，他脸上现出了笑容："你可是答应了我了，过一两年再回来！"我还有什么话好说呢？我噙着眼泪，钻进了汽车。汽车开走时，回头看到老教授还站在那里，一动也不动，活像是一座塑像。

过了两天，我就离开了哥廷根。我乘上了一列开到另一个城市去的火车。坐在车上，同来时一样，我眼前又是面影迷离，错综纷杂。我这两天见到的一切人和物，一一奔凑到我的眼前来；只是比来时在火车上看到的影子清晰多了，具体多了。在这些迷离错乱的面影中，有一个特别清晰、特别具体、特别突出，它就是我在前天夜里看到的那一座塑像。愿这一座塑像永远停留在我的眼前，永远停留在我的心中。

1980 年 11 月在西德开始

1987 年 10 月在北京写完

重返哥廷根

在弗里堡（Fribourg）

　　对于瑞士，我真可以说是久仰久仰了。我从很小的时候起，就看到了许多瑞士风景的照片或者图画。我大为吃惊，那里的山色湖光，颜色奇丽，青紫相间，斑斓如画，宛如阆苑仙境。我总怀疑，这些都是出自艺术家的创造，出自他们的幻想，世间根本不可能有这样匪夷所思奇丽如幻的自然风光。

　　今天我真的亲身来到了瑞士。初入境时，我只能坐在火车上，凭窗观赏。我又一次大为吃惊，吃惊的是，我亲眼看到的瑞士自然风光，其美妙、其神奇、其变幻莫测、其引人遐思，远远超过了我以前看到的照片或者图画。远山如黛，山巅积雪如银，倒影湖中，又氤氲成一团紫气，再衬托上湖畔的浓碧，形成了一种神奇的仙境。我学了半辈子语言，说了半辈子话，读了半辈子中西名著，然而，到了今天，我学的语言，我说的话，我读的名著，哪一个也帮不了我。我要用嘴描绘眼前的美景，我说不出；我要用笔写出眼前的美景，我写不出。最后，万不得已，我只能乞灵于《世说新语》中的人物，徒唤"奈何"了。我现在完全领悟到，这决非出自艺术家的创造，出自他们的幻想。不但如此，我只能说，他们的创造远远不够，他们的幻想也远远不足。中国古诗说："意态由来画不成，当时枉杀毛延寿。"瑞士山水的意态又岂是人世间凡人艺术家所能表现出的呢！我现在完全不怪那些艺术家了。

离开哥廷根时，我挨饿挨怕了，"一旦被蛇咬，三年怕井绳"，我的心情正是这样。我把我保存的几块黑面包，郑重地带在身上，以备路上不时之需。然而在路上虽然待了两天，面包竟没有用上。上了瑞士的火车，我觉得黑面包的历史使命已经完成，瑞士变成了它的"无用武之地"了，它没法用武了。我想遵照我们的"国法"（中国的办法），从车窗里丢出去，让瑞士的蚂蚁——不知道它们肯不肯吃这种东西？——去会餐吧！于是我一方面凭窗欣赏窗外的青山绿水，一方面又低头看铁路两旁的地上，想找一个有点垃圾不太洁净的地方，为我的面包寻一个归宿之地，但是，我找呀，看呀，看呀，找呀，从边境直到瑞士首都伯尔尼，竟没有找到哪怕是一片有点垃圾有点纸片的地方。我非常"失望"，也非常吃惊，手里攥着那块德国黑面包，下了火车。

在车站上，有我的老朋友张天麟、牛西园和他们的小儿子张文，以及使馆里的什么人，来迎接我们。我们到了张家，休息了一会儿，就到中国驻瑞士公使馆去报到。见到了政务参赞王家鸿博士，他是留德老前辈，所以谈话就比较融洽、投机。他把10月份的救济费发给我们，谈了谈国内的情况。他大概同哥廷根那位姓张的一样，身上有点蓝气。这与我们无关，我们不去管它。国民党政府指令瑞士使馆，竭尽全力，救济沦落在欧洲的中国留学生，其用意当然如司马昭之心，人皆知之。这个我们也不去管它，我们是感激的。使馆为了省钱，把我们介绍到离伯尔尼不远的弗里堡的一所天主教设立的公寓里去住。对此我们也都没有异议，反正能有地方住，我们就很满足了。

当天晚上，我们就乘车来到弗里堡。

我们住的公寓叫圣·朱斯坦公寓，已经有几个中国学生住在这里，都是老住户。其中一位是天主教神甫，另外三位有的信天主教，有的也不信。他们几位都到车站去迎接我们。从此我就在这里做了几个月的寓公。

弗里堡是一座非常小的城市。人口只有几万人，却有一所颇为知名的天主教大学，还有一个藏书颇富的图书馆，也可以算是文化城了。瑞士是一个山国，弗里堡更是山国中的一个山城。城里面地势还算是比较平坦，但是一出城，有的地方就有悬崖峭壁，有的高达几十米或者更高。在相距几十米上百米的两个悬崖之间，往往修上一条铁索桥，汽车和行人都能从上面通过。行人走动时，桥都摇摇晃晃；汽车走过，则全桥震动，大有地动山摇之势。从桥上往下看，好像是从飞机上往下看一样，令人头昏目眩。

这地方的居民绝大多数是讲法语的。但是我在农村里看到一些古老的建筑，雕刻在柱子或窗子上的却是德文。我猜想，这地方原是德语区，后来不知由于什么原因，说德语的人迁走了，说法语的人迁了进来。瑞士本来就是一个多民族国家，官方语言就有德文、法文、意大利文三种。因此瑞士人多半都能掌握几种语言。又因为瑞士是世界花园，是旅游胜地，英文在这里也流行。在首都伯尔尼大街上卖鲜花的老太婆也都能讲几种语言。这都不算是什么新鲜事儿。

在我住的公寓里，也能看出这种多语言、多民族的现象。公寓的老板是讲法语的沙利爱神甫，而管理公寓的则是一位讲德语的奥地利神甫。此人个子极高，很懂得幽默。一见面他就说："年幼长身体的时候，偶一不小心，忘记了停止长，所以就长得这么高！"在天主教里面，男神甫有很大的自由，除了不许结婚以外，其他人世间的饮食娱乐，他都能享受，特别是酒，欧洲许多天主教寺院都能酿造极好的酒。相对之下，对于修女则颇多限制，行动有不少的不自由。

既然是天主教开办的公寓，里面有一些生活习惯颇带宗教色彩。最突出的是每顿饭前必祷告。我非教徒，但必须吃饭。所以每次就餐前，吃饭的人都站在餐桌前，口中念念有词。我不知道他们念的是什么，但也只能奉陪肃立。好在时间极短，等教徒们感谢完了上帝，我这个非教徒也可以叨光狼吞虎咽了。

公寓老板沙利爱神甫大概很有点活动能力。我到后不久，他就被梵蒂冈教廷任命为瑞士三省大主教。为了求实存真起见，我现在把当时写的日记摘抄几段：

> 1945 年 11 月 21 日
>
> 吃过早点就出去。因为今天是新主教 Charriere（沙利爱）就职的日子，在主教府前面站了半天，看到穿红的主教们一个个上汽车走

了。到百货店去买了一只小皮箱就回来。同冯、黄谈了谈。十一点一同出去到城里去看游行。一直到十二点才听到远处音乐响，不久就看到兵士和警察，后面跟着学生，一队队过了不知有多久。再后面是神父、政府大员、各省主教。最后是教皇代表、沙主教，穿了奇奇怪怪的衣服，像北平的喇嘛穿了彩色的衣服在跳舞捉鬼。快到一点，典礼才完成。

一个多月以后，在 1945 年 12 月 25 日，我又参观了沙大主教第一次主持大弥撒。我从那一天的日记中摘抄一段：

> 今天沙主教第一次主持大弥撒，我们到了 St. Nicolas 大教堂，里面的人已经不少了，停了不久，仪式也就开始了。一群神父把沙主教接进去，奏乐，唱歌，磕头，种种花样。后来沙主教下了祭坛，到一个大笼子似的小屋子里向信众讲道。讲完，又上祭坛。大弥撒才真正开始，仍然是鞠躬，唱歌，磕头，种种花样，一直到十一点半才完。

以上是我这样一个教外人士对瑞士天主教的一点具体的印象和回忆。在这以前或以后，我都同天主教没有任何接触。同住在圣·朱斯坦公寓的一位田神父，同我长谈过几次关于宗教信仰和上帝的问题，看样子是想"发展"我入教。可惜我是一个没有任何宗教细胞，也可以说没有任何宗教需要的俗人，辜负了他的一片美意。解放后，我在北京见到他，他已经脱下僧装换俗装，成家立业了。我们没有再长谈，没有问他究竟是怎么一回事，也不便问他。我只慨叹人生变化之剧烈了。

在弗里堡我还有很多值得回忆的事，其中最突出的是认识了几个德国和奥国学者，当然都是说德语的。首先要提到的是弗里茨·克恩（Fritz Kern）教授。他原来是德国一所大学——记得是波恩大学——的历史教授，思想进步，反对纳粹，在祖国待不下去了，被迫逃来瑞士。但是在这里无法找到一个大学教席，瑞士又是米珠薪桂的地方，他的夫人在无可奈何的情况下，到弗里堡附近一个乡村神父家里去当保姆。这位神父脾气极怪，又极坏，村人给他起了一个绰号，叫 Tempête（暴风雨），具体形象地说明了他的特点，脾气一发，简直如暴风骤雨。在这样一个主人家里当保姆，会是什么滋味，一想就会明白。然而为了糊口养家，在德国一般都不工作的教授夫人，到了瑞士，在人屋檐下，焉得不低头，也只有忍辱吞声了。教授年纪已经过了五十，但是精力充沛，为人豪爽，充分表现出日耳曼人的特点。我们萍水相逢，可以说是一见如故。有一段时间，我们俩几乎天天见面，共同翻译《论语》和《中庸》。他有一个极其庞大的写作计划，要写一部长达几十卷的《世界历史》，把中西各国的历史、文化等等从比较历史学和比较文化学的观点上彻底地探讨一番。研究中国的经典也是为这个庞大计划服务的。他的学风常常让我想到德国历史上那一些 Universalgenie（多学科巨匠）。我有时候跟他开玩笑，说他幻想过多，他一笑置之。他有时候说我太 Krifisch（批判严格），我当然也不以为忤。由此可见我们之间关系之融洽。他夫妇俩都非常关心我的生活。我在德国十年，没有钱买一件好大衣。到瑞士时正值冬天，我身上穿的仍然是十一年前在中国买的大衣，既单薄，又破烂。他们讥笑称之为 Mäntelchen（小大衣）。教授夫人看到我的衣服破了，给我缝补过几次，还给我织过一件毛衣。这一切在我这个背乡离井漂泊异域十年多的游子心中产生什么情感，大家一想就可以知道，用不着我再讲了。在 1945 年 11 月 20 日的日记里，有下面一段话：

> Prof. Kern（克恩教授）劝我无论如何要留下。我同他认识才不久，但我们之间却发生了几乎超过师生以上的感情，对他不免留恋。他

也舍不得我走。我只是多情善感，当然有痛苦。

不知为什么上天把我造成这样一个人？

可见我同他们感情之深。他们夫妇成了我毕生难忘的人。我回国后还通过几次信，后来就"世事两茫茫"了。至今我每次想到他们，心里就激动、怀念，又是快乐，又是痛苦，简直是酸甜苦辣，说不清是什么滋味了。

其次我想到的是几位奥国学者 W. 施密特（Schmidt）、科伯斯（Koppers）等，都是天主教神父。他们都是人类学家，是所谓维也纳学派的领导人。第二次世界大战爆发，奥国很早被德国纳粹吞并，为了躲避凶焰，他们逃来瑞士，在弗里堡附近一个叫作弗鲁瓦德维尔（Froideville）的小村里建立了根据地，有一个藏书相当丰富的图书馆。这一学派的许多重要人物也都来这里聚会，同时还接待外国学者，到这里来从事研究工作。我于 1945 年 10 月 23 日首次见到克恩教授，是在圣·朱斯坦公寓的主任诺伊维尔特（Neuwirth）的一次宴会上。第二次见面就是两天后在弗鲁瓦德维尔的这个研究所里。两次都见到了科伯斯教授，第二次见到施密特教授和一位日本学者名叫沼泽。施密特曾在中国北京辅仁大学教过书，他好像是人类学维也纳学派的首领，著作等身，对世界人类语言的分类有自己的一套体系，在世界学人中广有名声。我同这些人来往，感觉最深刻的是他们虽是神父，但并没有"上帝气"，研究其他宗教，也颇能持客观态度。我以为，他们算得上学者。

由于克恩教授的介绍，我还认识了一位瑞士银行家兼学者的萨拉赞（Sarasin）。他是一位亿万富翁，但是颇爱学问，对印度学尤其感兴趣，因此建立了一个有相当规模的印度学图书馆，欢迎学者使用他的图书。大概就是由于这个原因，克恩教授介绍我去拜访他。他住在巴塞尔，距弗里堡颇远。我辗转搭车，到了巴塞尔，克恩教授在那里等我。我们一同拜访了萨拉赞，看了看他收藏的图书。在世界花园中，有这样一块印度学的园地，颇为难得。他请我们喝茶，吃点心。然后告辞出来，到一个在中国住过多年的牧师名叫热尔策（Gelzer）的家里去，他请我们吃晚饭。离开他家时已经比较晚了，赶到车站，一打听，知道此时没有到弗里堡的直达通车。我没有法子，随便登上了一辆车。反正瑞士是一个极小的国家，上哪一趟车都能到达目的地。但是，我初来乍到，对瑞士并不熟悉。上了车以后，我不辨南北东西，晕头转向。车窗外一片黑暗，什么都看不见。但是，我知道，那些旖旎到神奇程度的山林湖泊，仍然是存在的，也许比白天好还更要美丽，只是人们看不到而已。车厢内则是灯火通明，笑语不绝。我自己仿佛变成了漫游奇境的爱丽丝，不像是处在人的世界中。碰巧我邻座有一位讲德语的中年男子，我连他的姓名、国籍都没有来得及询问，便热烈地交谈起来；三言两语，仿佛就成了朋友。不知怎么一来，我就讲到了弗里堡的沙利爱神甫已升任三省大主教。这一下子仿佛踏了我那新朋友的脚鸡眼，他立刻兴奋起来，自称是新教徒，对天主教破口大骂，简直是声震车顶。我什么教都不信，对天主教和新教更是一个局外人。我无从发表意见。他见我并不反对，于是更为兴奋。火车在瑞士全国转了大半夜之后，终于在弗里堡站停了车。我不知道我那位新朋友是到哪里去。他一定要跟我下车，走到一个旅馆里，硬是要请我喝酒。我不能喝酒，但是盛情难却，陪他喝了几杯，已经颇有醉意，脑袋里糊里糊涂地不知怎样回到了房间，纳头便睡。醒了一睁眼，"红日已高三丈透"，我那位朋友仿佛是见首不见尾的神龙，消逝到不知什么地方去了。我回到了圣·朱斯坦公寓，回想夜间的经历似有似无，似真似假，难道我是做了一个梦吗？

去故国

——欧游散记之一

　　不知从什么时候起，就有一个到外国去，尤其是到德国去的希望埋在我的心里了。同朋友谈话的时候也时时流露出来。在外表看来似乎是很具体、很坚决。其实却渺茫得很。我没有伟大的动机。冠冕堂皇的理由自然也不能没有。但仔细追究起来，却只有一个极单纯的要求：我总觉得，在无量的——无论在空间上或时间上——宇宙进程中，我们有这次生命，不是容易事；比电火还要快，一闪便会消逝到永恒的沉默里去。我们不要放过这短短的时间，我们要多看一些东西。就因了这点小小的愿望，我想到外国去。

　　但是，究竟怎样去呢？似乎从来不大想到。自己学的是文科，早就被一般人公认为无补于国计民生的落伍学科；想得到官费自然不可能。至于自费呢，家里虽然不能说是贫无立锥之地；但若把所有的财产减去欠别人的一部分，剩下的也就只够一趟的路费。想自己出钱到外国去自然又是一个过大的妄想了。这些都是实际上不能解决的问题，但却从来没有给我苦恼，因为我根本不去想。我固执地相信，我终会有到外国去的一天。我把自己沉在美丽的涂有彩色的梦里。这梦有多么样的渺茫，恐怕只有我一个人知道了。

　　一直到去年夏天，当我的大学学程告一段落的时候，我才第一次想到究竟怎样到外国去。恐怕从我这个不切实际的只会做梦的脑筋里再也不会想出切合实际的办法：我想用自己的劳力去换得金钱，再把金钱储存起来到外国去。我没有详细计算每月存钱若干，若干年后才能如愿，便贸贸然回到故乡的一个城里去教书。第一个月过去了，钱没能剩下一个。第二个月又过去了，除了剩下许多账等第三个月来还之外，还剩下一颗疲劳的心。我立刻清醒了，头上仿佛浇上了一瓢冷水：照这样下去，等到头发全白了的时候，岂不也还是不能在柏林市上逍遥一下吗？然而书却终于继续教下去，只有把疲劳的心更增加了疲劳。

　　就在这时候，却有一个从天而降的机会落在我的头上。我只要出很少的一点钱就可以到德国去住上二年。亲眼看着自己用手去捉住一个梦，这种狂欢的心情是不能用任何语言文字描写得出的。我匆匆地从家里来到故都，又匆匆地回去。从虚无缥缈的幻想里一步跨到事实里，使我有点糊涂。我有时就会问起自己来：我居然也能到德国去了吗？然而，跟着来的却是在精神上极端痛苦的一段。平常我对事情，总有过多的顾虑，这我知道，比谁都清楚。但这次却不能不顾虑；我顾虑到到德国以后的生活，我顾虑到自己的家境。许多琐碎到不能再琐碎的小事纠缠着我，给我以大痛苦。随处都可以遇到的不如意与不满足像淡烟似的散布在我的眼前。同时还有许多实际问题要我解决：我还要筹钱。平常从自己手里水似的流去的钱，我现在才知道它的可贵。从这里面也可以看出真正的人情和世态。经了许多次的碰壁，终于还是大千和洁民替我解了这个围。同时又接到故都里梅生的信，他也要替我张罗。在这个期间，我有几次都想放弃了这个机会，因为这个机会带给我的快乐远不如带给我的痛苦多，但长之却从辽远的故都写信来劝我，带给我勇气和力量。我现在才知道友情的可贵；没有他们几位，说不定我现在又带了一颗疲劳的心开始吃粉笔末的生活了。这友情像一滴仙露，滴到我的焦灼的心上，使我又在心里开放了希望的花，使我又重新收拾起破碎的幻想，回到故都来。

在生命之路上，我现在总算走上一段新程了。几天来，从早晨到晚上，我时常一个人坐在一间低矮然而却明朗的屋里，注视着支离的树影在窗纱上慢慢地移动着，听树丛里曳长了的含有无量倦意的蝉声。我心里有时澄澈沉静得像古潭；有时却又搅乱得像暴风雨下的海面。我默默地筹划着应当做的事情。时时有幻影，柏林的幻影，浮动在我眼前：我仿佛看到宏伟古老的大教堂，圆圆的顶子在夕阳中闪着微光；宽广的街道，有车马在上面走着。我又仿佛看到大学堂的教室，头发皤白的老教授颤声讲着书。我仿佛连他的声音都能听得到；他那从眼镜边上射出来的眼光正落在我的头上。但当我发现自己仍然在这一间低矮而明朗的屋子里的时候，我的心飞到不知什么地方去了。

我虽然在过去走过许多路，但从降生一直到现在，自己脚迹叠成的一条路，回望过去，是连绵不断的一线，除了在每一年的末尾，在心里印上一个浅痕，知道又走过一段路以外，自己很少画过明显的鸿沟，说以前走的是一段，以后是另一段的开端。然而现在，自己却真的在心里画了一个鸿沟，把以前二十四年走的路就截在鸿沟的那一岸；在这一岸又开始了一条新路，这条会把我带到渺茫的未来去。这样我便不能不回头去看一看，正如当一个人走路走到一个阶段的时候往往回头看一样。于是我想到几个月来不曾想到的几个人。我先想到母亲。

母亲死去到现在整二年了。前年这时候，我回故乡去埋葬母亲。现在恐怕坟头秋草已萋萋了。我本来预备每年秋天，当树丛乍显出点微黄的时候，回到故乡母亲的坟上去看看。无论是在白雾笼罩墓头的清晨，归鸦驮了暮色进入籁籁响着的白杨树林的黄昏，我都到母亲墓绕两周，低低地唤一声："母亲！"来补偿生前八年的长时间没见面的遗恨。然而去年的秋天，我刚从大学走入了社会，心情方面感到很大的压迫；更没有余闲回到故乡去。今年的秋天，又有这样一个机会落到我的头上。我不但不能回到故乡去，而且带了一颗饱受压迫的心，不能得到家庭的谅解，跑到几万里外的异邦去漂泊，一年，二年，谁又知道几年才能再回到这故国来呢？让母亲一个人凄清地躺在故乡的地下，忍受着寂寞的袭击，上面是萋萋的秋草。在白杨籁籁中，淡月朦胧里，我知道母亲会藉了星星的微光到各处去找她的儿子；藉了西风听取她儿子的消息。然而所找到的只是更深的凄清与寂寞，西风也只带给她迷离的梦。

我又想到母亲生前最关心的外祖母。当我七八岁还没有离开故乡的时候，整天住在她家里，她的慈祥的面貌永远印在我的记忆里。今年夏天见她的时候，她已龙钟得不像样子了。又正同别人闹着田地的纠纷，现在背恐怕更驼了吧？临分别的时候，她再三叮嘱我要常写信给她。然而现在当我要到这样远的地方去的时候，我却不能写信给她，我不忍使她流着老泪看自己晚年唯一的安慰者离开自己跑了。我只希望她能好好地活下去，当我漂泊归来的时候，跑到她怀里，把受到的委屈，都哭了出来。我为她祝福。

我终于要走了，沿了我自己在心里画下的一条鸿沟的这一岸的路走去。天知道我会走到什么地方去；这条路真太渺茫，渺茫到使我吃惊。以前我曾羡慕过漂泊的生活，也曾有过到外国去的渴望。然而当希望成为事实的现在，我又渴慕平静的生活了。我看了在豆棚瓜架下闲话的野老，看了在一天工作疲劳之余在门前悠然吸烟的农人，都引起我极大的向往。我真不愿意离开这故国，这故国每一方土地，每一棵草木，都能给我温热的感觉。但我终于要走的，沿了自己在心里画下的一条路走。我只希望，当我从异邦转回来的时候，我能看到一个一切都不变的故国，一切都不变的故乡，使我感觉不到我曾这样长的时间离开过它，正如从一个短短的午梦转来一样。

1935 年 8 月 13 日

表的喜剧

——欧游散记之一

　　自己是乡下人，没有见过多大的世面；乡下人的固执与畏怯还保留了一部分。初到柏林的时候，刚走出了车站，头里面便有点朦胧。脚下踏着的虽然是光滑的柏油路，但我却仿佛踏上了棉花。眼前飞动着汽车电车的影子，天空里交织着电线，大街小街错综交叉着：这一切织成了一幅有魔力的网，我便深深地陷在这网里。我惘然地跟着别人走，我简直像在一片茫无涯际的大海里摸索了。

　　在这样一片茫无涯际的大海里，我第一次感觉到表的需要，因为它能告诉我，什么时候应当去吃饭，什么时候应当去访人。说到表，我是一个十足的门外汉。在国内的时候，朋友中最少也是第三个表，或是第四个表的主人。然而对我，表却仍然是一个神秘的东西。虽然有时在等汽车的时候，因为等得不耐烦了，便沿着街向街旁的店铺里张望，希望能发现一只挂在墙上的钟，看看时间究竟到了没有。但张望的结果，却往往是，走了极远的路而碰不到一只钟。即便侥幸能碰到几只，然而每只所指的时间，最少也要相差半点钟。而且因为张望的态度太有点近于滑稽，往往引起铺子里伙计的注意，用怀疑的眼光看我几眼。当我从这怀疑的眼光的扫射下怀了一肚皮的疑虑逃回汽车站的时候，汽车已经开走了。一直到去年秋天，自己要按钟点挣面包的时候，才买了一只表。然而只走了三天，就停下来。到表铺一问，说是发条松。修理好了不久又停下来。又去问，说是针有毛病。修理到五六次的时候，计算起来，修理费已经超过了原价，但它却仍然僵卧在桌子上。我便下决心，花了相当大的一个数目另买了一只。果然能使我满意了。这表就每天随着我，一直随我坐上西伯利亚的火车。然而在斯托扑塞换车的时候，因为急着搬行李，竟把玻璃罩碰碎了。在当时惶遽仓促的心情下，并不觉得是一个多大的损失，就把它放在一个茶叶瓶里，又坐了火车。当我到了这茫无涯际的海似的柏林的时候，我才又觉到它的需要了。

于是在到了的第三天，就由一位在柏林住过二年的朋友陪我出去修理。仍然有一幅充满了魔力的网笼罩着我的全身。我迷惘地随了他走。终于在康德街找到了一家表铺。说明了要换一个玻璃罩，表匠给了我一张纸条。我只看到上面有黑黑的几行字的影子，并没看清是什么字。因为我相信，上面最少也会有这表铺的名字和地址；只要有名字和地址，表就可以拿回去的。他答应我们第二天去拿，我们就跨出了铺门。

　　第二天的下午，我不愿意再让别人陪我走无意义的路，我便自己出发去取表。但是一想到究竟要到什么地方去取呢，立刻有一团迷离错杂的交织着电线的长长的街的影子浮动在我的眼前。我拿出那张纸条来看，我才发现，上面只印着收到一只修理的表，铺子名字却没有，当然更没有地址。我迷惑了。但我却不能不找找看。我本能地沿着康德街的左面走去，因为我虽然忘记了地址，但我却模模糊糊地记得是在街的左面。我走上去，我把我的注意力集中到每个铺子的招牌上，每个铺子的窗子里。我看过各种各样的招牌和窗子。我时时刻刻预备着接受这样一个奇迹，蓦地会有一个表字或一只表呈现到我的眼前。然而得到的却是失望，我仍然走上去，康德街为什么竟这样长呢？我一直走到街的尽端，只好折回来再看一遍。终于在一大堆招牌里我发现了一个表铺的招牌。因为铺面太小了，刚才竟漏了过去。我仿佛到了圣地似的快活，一步跨进去，但立刻觉得有点不对，昨天我们跨进那个表铺的时候，那位修理表的老头正伏在窗子前面工作。我们一进去，他仿佛吃惊似的把一把刀子掉在地上。他伏下身去拾刀子的时候，我发现他背后有一架放满了表的小玻璃橱。但今天那架橱子移到哪儿去了呢？还没等我把这疑虑扩散开来，主人出来了，也是一位老头。我只好把纸条交给他，他立刻就去找表。看了他的神气，想到刚才自己的怀疑，我笑了。但找了半天，表终于没找到。他用手搔着发亮的头皮，显出很焦急的样子。他告诉我，他的太太或者知道表放在什么地方。但她现在却不在家。让我第二天再去。他仿佛很抱歉的样子，拿过一支铅笔来，把他的地址写在那张纸条的后面。我只好跨出来，心里充满了疑惑和不安定，当我踏着暮色走回去的时候，对着这海似的柏林，我叹了一口气。

过了一个杂念缭绕的夜，我又在约定的时间走了去。因为昨天究竟有过那样的怀疑，所以走在路上的时候，我仍然注意每一个铺子的招牌和窗子里陈列的东西，希望能再发现一个表铺。不久，我的希望就实现了，是一

　　　　　　　　　　　　　远行记

个更要小的表铺。主人有点驼背。我把纸条递给他；问他，是不是他的。他说不是。我只好走出来，终于又走到昨天去过的那铺子。这次老头不在家，出来的是他的太太。我递给她纸条。她看到上面的字是她丈夫写的，立刻就去找表。她比老头还要焦急。她拉开每一个抽屉，每一个橱子；她把每个纸包全打开了；她又开亮了电灯，把暗黑的角隅都照了一遍。然而表终于没找到。这时我的怀疑一点都没有了，我的心有点跳，我仿佛觉得我的表的的确确是送到这儿来的。我注视着老太婆，然而不说话。看了我的神情，老太婆似乎更焦急了。她的白发在电灯下闪着光，有点颤动。然而表却只是找不到，她又会有什么办法呢？最后，她只好对我说，她丈夫回来的时候问问看；她让我过午再去。我怀了更大的疑惑和不安定走了出来。

当天的过午，看看要近黄昏的时候，我又一个人走了去。一开门，里面黑沉沉的；我觉得四周立刻古庙似的静了起来；我能听到自己的心跳动的声音。等了好一会儿，才见两个影子从里面移动出来。开了灯，看到是我，老头有点显得惊惶，老太婆也显然露出不安定的神气。两个人又互相商议着找起来；把每一个可能的地方全找到了，但表却终于没找到。老头更用力地用手搔着发亮的头皮；老太婆的头发在灯影里也更颤动得厉害。最后老头终于忍不住问我了，是不是我自己送来的。这问题真使我没法回答。我的确是自己送来的，但送的地方不一定是这里。我昨天的怀疑立刻又活跃起来。我看不到那个放满了表的小玻璃橱，我总觉得这地方不大像我送表去的地方。我于是对他解释说，我到柏林还不到四天，街道弄不熟悉。我问他，那纸条是不是他发给我的。他听了，立刻恍然大悟似的噢了一声，没有说什么，很匆忙地从抽屉里拿出一叠纸条，同我给他的纸条比着给我看。两者显然有极大的区别：我给他的那张是白色的，然而他拿出的那一叠却是绿色的，而且还要大一倍。他说，这才是他的收条。我现在完全明白了我走错了铺子。因为自己一时的疏忽，竟让这诚挚的老人陪我演了两天的滑稽剧，我心里实在有点不过意。我向他道歉，我把我脑筋里所有的在这情形下用得着的德文单字全搜寻出来，老人脸上浮起一片诚挚而会意的微笑，没说什么。然而老太婆却有点生气了，嘴里嘟噜着，拿了一块橡皮用力在我给她的那张纸条上擦，想把她丈夫写上的地址擦了去。我却不敢怨她，她是对的，白白地替我担了两天心，现在出出气，也是极应当的事。临走的时候，老头又向我说，要我到西面不远的一家表铺去问问，并且把门牌写给我。按着号数找到了，我才知道，就是我昨天去过的主人有点驼背的那个铺子。除了感激老头的热诚以外，我还能说什么呢？

我沿着康德街走上去，心里仿佛坠上了一块石头。天空里交织着电线，眼前是一条条错综交叉的大街小街，街旁的电灯都亮起来了，一盏盏沿着街引上去，极目处是半面让电灯照得晕红了起来的天空。我不知道柏林究竟有多大；我也不知道我现在在柏林的哪一部分。柏林是大海，我正在这大海里飘浮着，找一个比我自己还要渺小的表。我终于下意识地走到我那位在柏林住过两年的朋友的家里去，把两天来找表的经过说给他听；他显出很怀疑的神气，立刻领我出来，到康德街西半的一个表铺里去。离我刚才去过的那个铺子最少有二里路。拿出了收条，立刻把表领出来。一拿到表，我心里有说不出的感觉，我仿佛亲手捉到一个奇迹。我又沿了康德街走回家去。当我想到两天来演的这一幕小小的喜剧，想到那位诚挚的老头用手搔着发亮的头皮的神气的时候，对了这大海似的柏林，我自己笑起来了。

1935 年 12 月 2 日于德国哥廷根

听诗

——欧游散记之一

　　自己也不知道为什么，从很早的时候，就常有一幅影像在我眼前晃动：我仿佛看到一个垂老的诗人，在暗黄的灯影里，用颤动幽抑的声音，低低地念出自己心血凝成的诗篇。这颤声流到每个听者的耳朵里，心里，一直到灵魂的深深处，使他们着了魔似的静默着。这是一幅怎样动人的影像呢？然而，在国内，我却始终没有能把这幅影像真真地带到眼前来，转变成一幅更具体的情景。这影像也就一直是影像，陪我走过西伯利亚，来到哥廷根。谁又料到在这沙漠似的哥廷根，这影像竟连着两次转成具体的情景，我连着两次用自己的耳朵听到老诗人念诗。连我自己现在想起来，也像回忆一个充满了神奇的梦了。

当我最初看到有诗人来这里念诗的广告贴出来的时候，我的心喜欢得直跳。念诗的是老诗人宾丁（Rudolf G. Binding），又是一个能引起人们的幻想的名字。我立刻去买了票。我真想不到这古老的小城还会有这样的奇迹。离念诗还有十来天，我每天计算着日子的逝去。在这十来天中，一向平静又寂寞的生活竟也仿佛有了点活气，竟也渲染上了点色彩。虽然照旧每天一个人拖了一条影子，走过一段两旁有粗得惊人的老树的古城墙，到大学去；再拖了影子，经过这段城墙走回家来；然而心情却意外地觉得多了点什么了。

终于盼到念诗的日子。从早晨就下起雨来。在哥廷根，下雨并不是什么奇事。而且这里的雨还特别腻人。有时会连着下七八天。仿佛有谁把天钻了无数的小孔似的，就这样不急不慢永远是一股劲向下滴。抬头看灰黯的天空，心里便仿佛塞满了棉花似的窒息。今天的雨仍然同以前一样，然而我的心情却似乎有点不同了。我的心里充满了喜悦，仿佛正有一个幸福就在不远的前面等我亲手去捉。在灰黯的不断漏着雨丝的天空里也仿佛亮着幸福的星。

念诗的时间是在晚上。黄昏的时候，就有一位在这里已经住过七年以上的朋友来邀我。我们一同走出去。

雨点滴在脸上，透心的凉，使我有深秋的感觉。在昏暗的灯光中，我们摸进女子中学的大礼堂。里面已经挤了上千的人，电灯照得明耀如白昼。这使我多少有点惊奇，又有点失望。我总以为念诗应该在一间小屋中，暗黄的灯影里，只有几个素心人散落地围坐着；应该是梦似的情景。然而眼前的情景却竟是这样子。但这并不能使我灰心，不久我就又恢复了以前的兴头。在散乱嘈杂的声影里期待着。

声音蓦地静下去，诗人已经走了进来。他已经似乎很老了，走路都有点摇晃。人们把他扶上讲台去，慢慢地坐在预备好的椅子上，两手交叉起来，然而不说话。在短短的神秘的寂静中，我的心有点颤抖。接着说了几句引言，论到自由，论到创作。于是就开始念诗。最初的声音很低，微微有点颤动，然而却柔婉得像秋空的流云，像春水的细波，像一切说都说不出的东西。转了几转以后，渐渐地高起来了。每一行不平常的诗句里都仿佛加入了许多新东西，加入了无量更不平常的神秘的力量。仿佛有一颗充满了生命力的灵魂跳动在里面，连我自己的渺小的灵魂也仿佛随了那大灵魂的节律在跳动着。我眼前诗人的影子渐渐地大起来，大起来，一直大到任什么都看不到。于是只剩了诗人的微颤又高亢的声音不知从什么地方飘了来，宛如从天上飞下来的一道电光，从万丈悬崖上注下来的一线寒流，在我的四周舞动。我的眼前只是一片空濛，我什么东西都看不到了。四周的一切都仿佛化成了灰，化成了烟；连自己也仿佛化成了灰，化成了烟，随了那一股神秘的力量飞到不知什么地方去了。

不知多久以后，我的四周蓦地一静。我的心一动，才仿佛从一阵失神里转来一样，发现自己仍然坐在这里听诗。定了定神，向台上看了看，灯光照了诗人脸的一半，黑大的影投在后面的墙上。他的诗已经念完，正预备念小说。现在我眼前的幻影一点也不剩了。我抬头看了看全堂的听者，人人都瞪大了眼睛静默着。又看了看诗人，满脸的皱纹在一伸一缩地跳动着：我们很容易看出这位老人是怎样吃力地读着自己的作品。小说终于读完了。人们又把这位老诗人扶下讲台。热烈的掌声把他送出去，但仍然不停，又把他拖回来，走到讲台的前面，向人们慢慢地鞠了一个躬，才又慢慢地踱出去。

礼堂里立刻起了一阵骚动：人们都想跟了诗人去请他在书上签字。我同朋友也挤了出去，挤到楼下来。屋里已经填满了人。我们于是就等，用最大的耐心等。终于轮到了自己。他签字很费力，手有点颤抖，签完了，抬眼看了看我，我才发现他的眼睛是异常的大的，而且充满了光辉。也许因为看到我是个外国人的缘故，嘴里喃喃地说了一句什么；但没等我说话，后面的人就挤上来把我挤出屋去，又一直把我挤出了大门。

外面雨还没停。一条条的雨丝在昏暗的路灯下闪着光。地上的积水也凌乱地闪着淡光。那一双大的充满了光辉的眼睛只是随了我的眼光转，无论我的眼光投到哪里去，那双眼睛便冉冉地浮现出来。在寂静的紧闭的窗子上，我会看到那一双眼睛；在远处的暗黑的天空里，我也会看到那双眼睛。就这样陪着我，一直陪我到家，又一直把我陪到梦里去。

这以后不久，又有了第二次听诗的机会。这次念诗的是卜龙克（Hans Friedriech Blunck）。他是学士院的主席，相当于英国的桂冠诗人。论理应当引起更大的幻想，但其实却不然。上次自己可以制造种种影像，再用幻想涂上颜色，因而给自己一点期望的快乐。但这次，既然有了上次的经验，又哪能再凭空去制造影像呢？但也就因了有上次的经验，知道了诗人的诗篇从诗人自己嘴里流出来的时候是有着怎样大的魔力，所以对日子的来临渴望得比上次又不知厉害多少倍了。

在渴望中，终于到了念诗的那天。又是阴沉的天色，随时都有落下雨来的可能。黄昏的时候，我去找那位朋友，走过那一段古老的城墙，一同到大学的大讲堂去。

人不像上次多。讲台的布置也同上次不一样。上次只是极单纯的一张桌子，一把椅子。这次桌子前却挂了国社党的红地黑字的旗子，而且桌子上还摆了两瓶乱七八糟的花。我感到深深的失望的悲哀。我早没有了那在一间小屋中暗黄的灯影里只有几个人听诗的幻影。连上次那样单纯朴质的意味也寻不到踪影了。

最先是一个毛手毛脚的年轻小伙子飞步上台，把右手一扬，开口便说话。嘴鼻子乱动，眼也骨碌骨碌地直转。看样子是想把眼光找一个地方放下，但看到台下有这样许多人看自己，急切又找不到地方放；于是嘴鼻子眼也动得更厉害。我忍不住直想笑出声来。但没等我笑出来，这小伙子，说过几句介绍词之后，早又毛手毛脚地跳下台来了。

接着上去的是卜龙克。他不知道什么时候已经来到这屋里，只从前排的一个位子上站起来就走上台去。他的貌像颇有点滑稽。头顶全秃光了，在灯下直闪光。嘴向右边歪，左嘴角上一个大疤。说话的时候，只有上唇的右半颤动，衬了因说话而引起的皱纹，形成一个奇异的景象。同宾丁一样，说了几句话之后，就开始念自己的诗。但立刻就给了我一个不好的印象。音调不但不柔婉，而且生涩得令人想也想不到，仿佛有谁勉强他来念似的，抱了一肚皮委屈，只好一顿一挫地念下去。我想到宾丁，在那老人的颤声里是有着多样大的魔力呢？但我终于忍耐着。念过几首之后，又念到他采了民间故事仿民歌作的歌。不知为什么诗人忽然兴奋起来，声音也高起来了。在单纯质朴的歌调中，仿佛有一股原始的力量在贯注着。我的心又不知不觉飞了出去，我又到了一个忘我的境界。当他念完了诗再念小说的时候，他似乎异常的高兴，微笑从不曾离开过他的脸。听众不时发出哄堂的笑声，表示他们也都很兴奋。这笑声延长下去，一直到诗人念完了小说带了一脸的微笑走下讲台。

我们又随着人们挤出了大讲堂。外面是阴暗的夜。我们仍然走过那段古城墙。抬头看到那座中世纪留下来的古老的教堂的尖顶，高高地刺向灰暗的天空里去，像一个巨人的影子。同上次一样，诗人的面影又追了我来，就在我眼前不远的地方浮动。同时那位老诗人的有着那一双大而有光辉的眼睛的面影，也浮到眼前来。无论眼前看到的是一棵老树，是树后面一团模糊的山林，但这两个面影就会浮在前面。就这样，又一直把我送到家，又一直把我送到梦里去。

到现在已经一个多月了，每在不经心的时候，一转眼，便有这样两个面影，一前一后地飘过去；这两位诗人的声音也便随着缭绕在耳旁；我的心立刻起一阵轻微的颤动。有人会以为这些纠缠不清的影子对我是一个大的累赘。然而正相反，我自己心里暗暗地庆幸着：从很早的时候就在眼前晃动的那幅影像终于在眼前证实了。自己就成了那影像里的一个听者，诗人的颤声就流到自己的耳朵里，心里，灵魂的深深处，而且还永远永远地埋起来。倘若真是一个梦的话，又有谁否认这不是一个充满了神奇的梦呢！

1936 年 2 月 26 日于德国哥廷根

亚

洲

行

琼楼玉宇，高处不胜寒

　　阿格拉是有名的地方，有名就有在泰姬陵。世界舆论说，泰姬陵是不朽的，它是世界上多少多少奇之一。而印度朋友则说："谁要是来到印度而不去看泰姬陵，那么就等于没有来。"

　　我前两次访问印度，都到泰姬陵来过，而且两次都在这里过了夜。我曾在朦胧的月色中来探望过泰姬陵。整个陵寝在月光下幻成了一个白色的奇迹。我也曾在朝曦的微光中来探望过泰姬陵，白色大理石的墙壁上成千上万块的红绿宝石闪出万点金光，幻成了一个五光十色的奇迹。总之，我两次都是名副其实地来到了印度。这一次我也决心再来；否则，我的三访印度，在印度朋友心目中就成了两访印度了。

同前两次一样，这一次也是乘汽车来的。车子下午从德里出发，一直到黄昏时分，才到了阿格拉。泰姬陵的白色的圆顶已经混入暮色苍茫之中。我们也就在苍茫的暮色中找到了我们的旅馆。从外面看上去，这旅馆砖墙剥落，宛如年久失修的莫卧儿王朝的废宫。但是里面却是灯光明亮，金碧辉煌，完全是另一番景象。房间都用与莫卧儿王朝有关的一些名字标出，使人一进去，就仿佛到了莫卧儿王朝；使人一睡下，就能够做起莫卧儿的梦来。

　　我真的做了一夜莫卧儿的梦。第二天一大早，我们就赶到泰姬陵门外。门还没有开。院子里，大树下，弥漫着一团雾气，掺杂着淡淡的花香。夜里下过雨，现在还没有晴开。我心里稍有懊恼之意：泰姬陵的真面目这一次恐怕看不到了。

　　但是，突然间，雨过天晴云破处，流出来了一缕金色的阳光，照在泰姬陵的圆顶上，只照亮一小块，其余的地方都暗淡无光，独有这一小块却亮得耀眼。我们的眼睛立刻明亮起来：难道这不就是泰姬陵的真面目吗？

　　我们走了进去，从映着泰姬陵倒影的小水池旁走向泰姬陵，登上了一层楼高的平台，绕着泰姬陵走了一周，到处瞭望了一番。平台的四个角上，各有一座高塔，尖尖地刺入灰暗的天空。四个尖尖的东西，衬托着中间泰姬陵的圆顶那个圆圆的东西，两相对比，给人一种奇特的美。我想不出一个适当的名词来表达这种美，就叫它几何的美吧。后面下临阎牟那河。河里水流平缓，有一个不知什么东西漂在水里面，一群秃鹫和乌鸦趴在上面啄食碎肉。秃鹫们吃饱了就飞上栏杆，成排地蹲在那里休息，傲然四顾，旁若无人。

我们就带着这些斑驳陆离的印象，回头来看泰姬陵本身。我怎样来描述这个白色的奇迹呢？我脑筋里所储存的一切词汇都毫无用处。我从小念的所有的描绘雄伟的陵墓的诗文，也都毫无用处。"碧瓦初寒外，金茎一气旁。山河扶绣户，日月近雕梁。"多么雄伟的诗句呀！然而，到了这里却丝毫也用不上。这里既无绣户，也无雕梁。这陵墓是用一块块白色大理石堆砌起来的。但是，无论从远处看，还是从近处看，却丝毫也看不出堆砌的痕迹，它浑然一体，好像是一块完整的大理石。多少年来，我看过无数的泰姬陵的照片和绘画；但是却没有看到有任何一幅真正的照出、画出泰姬陵的气势来的。只有你到了泰姬陵跟前，站在白色大理石铺的地上，眼里看到的是纯白的大理石，脚下踩的是纯白的大理石；陵墓是纯白的大理石，栏杆是纯白的大理石，四个高塔也

　　　　　　　　　　　　　　远行记

是纯白的大理石。你被裹在一片纯白的光辉中，翘首仰望，纯白的大理石墙壁有几十米高，仿佛上达苍穹。在这时候，你会有什么样的感觉，我不知道。反正我自己仿佛给这个白色的奇迹压住了，给这纯白的光辉网牢了，我想到了苏东坡的词："琼楼玉宇，高处不胜寒。"我自己仿佛已经离开了人间，置身于琼楼玉宇之中。有人主张，世界上只有阴柔之美与阳刚之美。把二者融合起来成为浑然一体的那种美，只应天上有。我眼前看到的就是这种天上的美。我完全沉浸在这种美的享受中，忘记了时间的推移。等到我从这琼楼玉宇中回转来时，已经是我们应该离开的时候了。

从泰姬陵到红堡是一条必由之路，我们也不例外。到了红堡，限于时间我们只匆匆地走了一转。莫卧儿王朝的这一座故宫，完全是用红砂岩筑成的。如果说泰姬陵是白色的奇迹的话，那么这里就是红色的奇迹。但是，我到了这里，最关心的却是一块小小的水晶。据说，下令修建泰姬陵的沙扎汗，晚年被儿子囚了起来。他本来还准备在阎牟那河这一边同河对岸泰姬陵遥遥相对的地方，修建一座完全用黑色大理石砌成的陵墓，如果建成的话，那将是一个不折不扣的黑色的奇迹。然而在这黑色的奇迹出现以前，他就失去了自由，成为自己儿子的阶下囚。他天天坐在红堡的一个走廊上，背对着泰姬陵，凝神潜思，忍忧含悲，目不转睛地注视着镶嵌在一个柱子上的那一块水晶，里面反映出整个泰姬陵的影像。月月如此，天天如此，这位孤独的老皇帝就这样度过了他的残生。

这个故事很有些浪漫气息。几百年来，也打动了千千万万好心人的心弦，滴下了无数的同情之泪。但是，我却是无泪可滴。我上一次来的时候，印度朋友曾告诉过我，就在这走廊下面那一片空地上，莫卧儿皇帝把囚犯弄了来，然后放出老虎，让老虎把人活活地吃掉。他们坐在走廊上怡然欣赏这一幕奇景。这样的人，即使被儿子囚了起来，我难道还能为他流下什么同情之泪吗？这样的人，即使对死去的爱姬有那么一点情意，这种情意还值得几文钱呢？我正在胡思乱想的时候，红堡城墙下长着肥大的绿叶子的树丛中，虎皮鹦鹉又吱吱喳喳叫了起来。这种鸟在中国是会被当作珍禽装在精致的笼子里来养育的。但是在阿格拉，却多得像麻雀。有那么一个皇帝，再加上这些吱吱喳喳的虎皮鹦鹉，我的游兴已经索然了。那些充满了浪漫气氛的故事对于我已经毫无吸引力了。

我走下了天堂，回到了现实。人间和现实是充满了矛盾的；但是它们又确实是美的。就是在阿格拉也并非例外。二十七年前，当我第一次到阿格拉来的时候，我在旅馆中遇到的一件小事，却使我忆念难忘。现在，当我离开了泰姬陵走下天堂的时候，我不由得又回忆起来。

我们在旅馆里看一个贫苦的印度艺人让小黄鸟表演识字的本领。又看另一个艺人让眼镜蛇与獴决斗。两个小动物都拼上命互相搏斗，大战了几十回合，还不分胜负。正在看得入神的时候，我瞥见一个印度青年在外面探头探脑。他的衣着不像一个学生，而像一个学徒工。我没有多加注意，仍然继续观战。又过了不知多少时候，我又一抬头，看到那个青年仍然站在那里，我立刻走出去。那个青年猛跑了几步，紧紧地抓住了我的手，我感觉到他的手有点颤抖。他递给我一个极小的小盒，透过玻璃罩可以看到，里面铺的棉花上有一粒大米。我真有点吃惊，这一粒大米有什么意义呢？青年打开小盒，把大米送到我眼底下，大米上写着"印中友谊万岁"几个字，只能用放大镜才能看得清楚。他告诉我，他是一个学徒工，最热爱新中国，但却从来没有机会接触一个中国人。听说我们来了，他便带了大米来看我们。从早晨等到现在，中午早已过了，但是几次被人撵走。现在终于见到中国朋友了，他是多么兴奋啊！我接过了小盒，深深地被这个淳朴的青年感动了。我握住了他的手，心里面思绪万千，半天没有说出话来。我一直目送这个青年的背影消失在大街上熙熙攘攘的人群中，才转回身来。

　　泰姬陵是美的，是不朽的。然而，人们心里的真挚感情不是比泰姬陵更美，更不朽吗？上面说的这件小事，到现在，已经过了二十七年，在人的一生中，二十七年是一段漫长的时间。可是，不管我什么时候想起这件小事，那个学徒工的影像就栩栩如生地浮现在我的眼前。现在他大概都有四五十岁了吧。中间沧海桑田，世间多变。但是我却不相信，他会忘掉我，会忘掉中国，正如我不会忘掉他一样。据我看，这才是真正的美，真正的不朽。是美的、不朽的泰姬陵无法比拟的美，无法比拟的不朽。

1978 年

德里风光

在印度，德里不是最古的城，也不是最美的城。但它却是一个很有个性的城。游过一次，终生难忘。

而我游德里，不是一次，是三次。

第一次是在新中国成立初期。我当时被招待住在总统府内。这是一座红砂石垒成的建筑。从下面乘车走上去，经过一片开阔的草地和马路，至少有三四里路，两旁也都是一座座宫殿式的建筑。走到尽头，一座规模极大的建筑，矗立在眼前，宏伟巍峨，气势逼人。印度古代神话中吉罗娑神山顶上的神仙宫阙，大概也不外就是这个样子。这就是印度的总统府。

德里的名胜古迹，当然不限于总统府。从古迹的角度来看，总统府是算不上数的。你如果问一个本地人：

什么古迹最有名？他会毫不犹豫地回答：红堡。第一次来，因为住在总统府内，所以先参观了总统府，然后才参观红堡。第二次、第三次来，我就径直地参观红堡。

红堡的建筑风格，同总统府是完全不相同的。同阿格拉的红堡一样，它修建于16世纪莫卧儿王朝。顾名思义，它是红色的伊斯兰式的建筑。但这红色仅仅只限于城墙。人们一进去，里面的楼、台、殿、阁却另是一种颜色。这些建筑基本上都是用灰白色的大理石建造的。大坪石柱上、壁上，都镶嵌着许多红、绿、黄、紫的宝石，衬着灰白色的大理石，相映成趣，闪闪发光。来到这里，人们很容易想到伊斯兰的文化，想到古代伊朗的文学艺术，想到阿拉伯的《一千零一夜》，做起伊斯兰的梦来。

完全可以同红堡媲美的是库图布高塔。高塔周围的建筑群，在风格上，可以明显地分为两类：一类是印度古代固有的风格，一类是后来传进来的伊斯兰风格；泾渭分明，但又和谐。原来大概都是印度古式建筑，信伊斯兰教的统治者来到以后，拆旧建新，就成了现在这个样子。拆建的痕迹，赫然在目。印度古式建筑，远远望去，黑糊糊一片，有点"浓得化不开"；细看却是精雕细刻，栩栩如生。如果借用一句中国论诗的话来形容，那就是：沉郁顿挫。伊斯兰风格完全相反：线条简明。也借用一句中国论诗的话：清新俊逸。两种风格相映成趣，成为印度印回两大文化的象征。

高塔是德里最高的建筑，共有五层，高约 22 丈，建于 12 世纪末叶，至今已有七八百年的历史。建筑风格是典型的伊斯兰式，与印度古代的塔（窣堵波）完全不同。我先后三次登上高塔，每次攀登的时候，总不由自主地想到唐代著名诗人岑参《与高适薛据登慈恩寺浮屠》的诗：

> 塔势如涌出，
>
> 孤高耸天宫。
>
> 登临出世界，
>
> 磴道盘虚空。

这样的诗句，用来形容这一座高塔，不是非常合适的吗？

德里的名胜古迹还多得很，一篇短文是介绍不完的，我也就不再介绍了。

不管这些名胜古迹给我留下了多么深刻的印象，离开了人的名胜古迹，即使再美，也是一堆没有生命的东西。最使我难忘的还是印度人民的友情。这种深厚的友情，以这些名胜古迹为背景，二者相得益彰，才真是终身难忘。四年前，我第三次访问印度，在德里大学受到无比热烈的欢迎。那些可爱的印度大学生，一双双温暖的手，一双双热情的眼睛，真使我感动极了。我这样一个微不足道的人，为什么能受到这样的欢迎呢？他们是把我当作中国人民的一个代表，这种热烈的友情是针对中国人民的，我不过碰巧了成为接受者而已。友情，同名胜古迹，同总统府、红堡、高塔不一样，无法用图片来表达，它没有形体，没有颜色，但有重量，就让我把印度人民极重极重的友情，贮藏在我的内心深处吧！

1982 年 12 月 11 日

孟买，历史的见证

　　天下事真有出人意料的巧合：我二十七年前访问孟买时住过的旅馆，这一次来竟又住在那里。这一下子就激发起游兴，没有等到把行李安顿好，我就走到旅馆外面去了。

　　旅馆外面，只隔一条马路，就是海滨。在海滨与马路之间，是一条铺着石头的宽宽的人行道。人行道上落着一群鸽子——看样子是经常在那里游戏的——红红的眼睛，尖尖的嘴，灰灰的翅膀，细细的腿，在那里拥拥挤挤，熙熙攘攘，啄米粒，拍翅膀，忽然飞上去，忽然又落下来，没有片刻的宁静，却又一点也不令人感到喧哗。马路上车水马龙，人行道上行人摩肩接踵，但却没有人干扰这一小片鸽子的乐园。只是不时地有人停下来买点谷子之类的杂粮，撒到鸽子群中去喂它们。有几个小孩子站在这乐园边上拍手欢跳。卖杂粮的老人坐在旁边，一动也不动，活像一具罗丹雕塑的石像。

从这里再往前走几步，就到了海边。海边巍然耸立着一座极其宏伟壮丽的拱门，这就是英国人建造的著名的印度门。门前是汪洋浩瀚的印度洋，门后是幅员辽阔的印度大地。在这里建这样一座门，是殖民主义者征服印度的象征，是他们耀武扬威的出发点。据说，当年英国派来的总督就都从这里登岸，一过这座门，就算是到了印度。英国的皇太子，所谓威尔士亲王也曾从这里上岸访问印度。当年高车驷马、华盖如云的盛况，依稀还能想象得出。

然而曾几何时，沧海桑田，风云变幻，当年那暴戾恣睢、不可一世的外来侵略者到哪里去了呢？只剩下大海混茫，拱门巍峨，海浪照样拍打着堤岸，涛声依旧震撼着全城。印度人民挺起腰杆走在自己的土地上。群鸽飞鸣，一片生机。这一座印度门就成了历史上兴亡盛衰的见证。

我第一次到孟买来的时候，就曾注意到这一座拱门。我们同殖民主义者相反，不是走进印度门，而是走出印度门。我们从这里乘汽艇到附近的爱里梵陀去看著名的石窟雕刻。石窟并不大，石雕也不多，而且没有任何碑文；但是每一座石雕都是一件珍贵的艺术品，结构谨严，气韵生动，完全可以置于世界名作之林。印度劳动人民的艺术天才留给我们的印象是永世难忘的。

同样使我们难忘的是当年孟买的印度朋友对我们显示的无比的热情。我们到孟买的时候正逢上印度最大的节日点灯节。记得有一天晚上，孟买的许多著名的文学家、艺术家、音乐家、舞蹈家，邀请我们共同欢度节日。我们走进了一座大院子。曲径两旁，草地边上都点满了灯烛，弯弯曲曲的两排，让我立刻想到沿着孟买弧形海岸的那两排电灯，那叫作"公主项链"的著名的奇景。我小时候在中国的某一些名山古刹的庙会上，在夜间，曾见过这样的奇景。我们就在这"项链"的中间走过去，走进一个大厅，厅内也点满了灯烛。虽然电灯都关闭了，但厅内仍然辉煌有如白日。大家都席地而坐，看和听印度第一流的艺术家表演绝技。首先由一个琵琶国手表演琵琶独奏。弹奏之美妙我简直无法描绘，我只好借用唐代大诗人白居易的几句诗："嘈嘈切切错杂弹，大珠小珠落玉盘。间关莺语花底滑，幽咽泉流冰下难。"弹奏快要结束的时候，余音袅袅，不绝如缕。打一个比喻的话，就好像暮春的游丝，越来越细，谁也听不出是什么时候结束的。接着是著名的舞蹈家表演舞蹈。最后由著名的乌尔都诗人朗诵自己的歌颂印中友谊的诗篇。我不懂乌尔都语，但是他那抑扬顿挫的声调，激昂动人的表情，特别是那些用三合元音组成的尾韵，深深地打动了我的心，我好像是获得了通灵，一下子精通了乌尔都语，完全理解了颂诗的内容。我的心随着他的诵声而跳动，而兴奋。夜已经很深了。我们几次想走；但是，印度朋友却牢牢地抓住我们不放。他们说："我们现在不让你们睡觉，我们要让你们在印度留一天就等于留两天。你们疲倦，回国以后再去睡觉吧。我们相信，我们到了中国，你们也不会让我们睡觉的。"我们还有什么话好说呢？印度朋友到了中国，我们不也会同样不让他们睡觉吗？到现在已经过去了二十七年；但是，当时的情景还历历如在眼前，朗诵声还回荡在我的耳边。印度人民的这种友谊使我们永生难忘。

　　一讲到人民的友谊，人们立刻就会想到柯棣华大夫。他的故乡就在孟买附近，他哥哥和几个妹妹一直到现在还住在孟买市内。四十年前，日本侵略者百万大军压境，在我们神圣的国土上狼奔豕突，践踏蹂躏。中华民族正处于风雨如磐的危急存亡之秋。当时，柯棣华大夫刚从大学医学院毕业，他像白求恩大夫一样，毅然决定，不远万里来到中国抗日战争的前线，穿上八路军的军服，全心全意为伤病员服务。后来他在中国结了婚，生了孩子。终于积劳成疾，死在离开自己的故乡孟买数万里、中间隔着千山万水的中国。我们不说他病死异乡，因为他并不认为中国是异乡。他是继白求恩之后的另一个伟大的国际主义战士。毛主席亲笔为他写了悼词，每个字都像小盆子那样大，气势磅礴，力透纸背。这幅悼词，现在仍然悬挂在孟买他哥哥的家中。二十年前，叶剑英委员长到印度来访问时，曾到过他家，让人把这幅悼词拍了照。我们这一次到孟买来，也到了他家，受到他哥哥和几个妹妹以及所有亲属的极其热烈的款待。我当时坐在那里，注视着墙上毛主席的题词，转眼又看到同样是悬挂在墙上的柯棣华的夭亡了的小孩柯印华的照片，镜框上绕着花环，我真是心潮翻涌，思绪万千，上下古今，浮想联翩。在中印两千多年的友谊史上，无数的硕学高僧、游客、负贩，来往于中印两国之间，共同培育了这万古长青的友谊。但是，像柯棣华这样的人，难道不可以说是空前的吗？毛主席对他作了那样高的评价，真是恰如其分。听说一直到今天，四十年已经过去了，柯棣华生前的许多中国老战友，一提起他来，还禁不住热泪盈眶。什么东西能这样感人至深呢？除了深厚的友谊之外，还能有别的什么呢？我在上面已经说过，孟买的印度门是历史的见证。它告诉我们，腐朽的邪恶的东西必然死亡。柯棣华的例子又告诉我们，新生的正义的东西必然永存。在这个意义上来说，孟买又成了中印人民友谊的历史的见证。

今天孟买人民完全继承了柯棣华的遗愿。他们竭尽全力来促进中印传统友谊的发展。我们从新德里乘"空中公共汽车"来到孟买的时候，已经过了半夜，绝大部分居民早已进入睡乡。可是机场外面仍然聚集了一千多人，手举红旗，高呼口号。这是什么精神鼓舞着他们呢？马哈拉施特拉邦的邦长会见了我们。孟买市长会见了我们，并且设宴招待。许多知名人士亲自到旅馆来同我们会面。这又是为了什么呢？特别令人难忘的是那个规模极大的群众欢迎大会。举行的地点是在工人区内一个中学的操场上，在操场中间临时搭了一个主席台。参加大会的据说超过一万人，大部分是工人。操场周围高楼上住的也都是工人。他们的家属就站在阳台上往下看，他们也算是大会的参加者。鞭炮齐鸣，红旗高悬。每一个发言者都热烈歌颂印中友谊，会场上洋溢着热情友好的气氛。散会后，印度青年工人臂挽臂形成了两座人墙，让我们从中间走出去。那出色的组织能力和纪律性给我们留下了深刻的印象。当我们乘汽车回到旅馆的时候，天已经完全黑了下来。我们就从"公主项链"下面驶过。那两排电灯，每一盏都像是一颗光辉灿烂的夜明珠，绕着弧形的海岸，亮上去，亮上去，一直亮到遥远的天际。这又让我立刻回想到二十七年前在孟买同印度文学艺术界的朋友共同欢度点灯节时的情景。岁月流逝，而友谊长青。今天我们又到了孟买，受到了同当时一样的甚至是更热烈的款待。我真有点抑制不住自己的兴奋激动了。

孟买是比较年轻的城市，是一座工业城市。比起科钦来，它只能算是小弟弟。我在过去常常有一种偏见：我愿意访问古老的文化遗迹，而对于新兴工业城市则不太感兴趣。我愿意在断壁颓垣下，古塔佛寺旁，发思古之幽情，怀传统之友谊。顾而乐之，往往流连忘返。然而今天我来到孟买，我发现它同样能够成为历史的见证，同样能让我们怀念古老的友谊。在巍峨的拱门下，在熙攘的马路上，在高矗的大厦旁，在鳞比的商肆间，我们不但可以怀念过去，而且可以瞻望未来。在怀念古老的传统的友谊之余，我们看到站起来的印度人民，想到倒下去的老殖民主义者，看到生气勃勃的鸽群，听到混茫的大海的涛声，真禁不住要"问苍茫大地，谁主沉浮？"答案远在天边，近在眼前，作为历史的见证的孟买恰恰就回答了这个问题。

佛教圣迹巡礼

　　我第二次来到了孟买，想到附近的象岛，由象岛想到阿旃陀，由阿旃陀想到桑其，由桑其想到那烂陀，由那烂陀想到菩提伽耶，一路想了下来，忆想联翩，应接不暇。我的联想和回忆又把我带回到三十年前去了。

　　那次，我们是乘印度空军的飞机从孟买飞到了一个地方。地名忘记了。然后从那里坐汽车奔波了大约半天整，天已经黑下来了，才到了阿旃陀。我们住在一个颇为古旧的旅馆里，晚饭吃的是印度饭，餐桌上摆着一大盘生辣椒。陪我们来的印度朋友看到我吃印度饼的时候，居然大口大口地吃起辣椒来，他大为吃惊。于是吃辣椒就成了餐桌上闲谈的题目。从吃辣椒谈了开去，又谈到一般的吃饭。印度朋友说，印度人民中间有很多关于中国人民吃东西的传说。他们说，中国人使用筷子已经到了出神入化的境界，用筷子连水都能喝。他们又说，四条腿的东西，除了桌子以外，中国人什么都吃；水里的东西，除了船以外，中国人也什么都吃。这立刻引起我们的哄堂大笑。印度朋友补充说，敢想敢吃并不是一件简单的事情。敢吃才能添加营养，增强体质。印度有一些人却是这也不吃，那也不吃。结果是体质虚弱，寿命不长，反而不如中国人敢想敢吃的好。有关中国人的这些传说虽然有些荒诞不经，但反映出印度老百姓对中国既关心又陌生的情况。于是餐桌上越谈越热烈，有时间杂着大笑。外面是黑暗的寂静的夜，这笑声仿佛震动了外面黑暗的、一点声音都没有的夜空。

我从窗子里看出去，模模糊糊看到一片树的影子，看到一片山陵的影子。在欢笑声中，我又时涉遐想：阿旃陀究竟在什么地方呢？它是在黑暗中哪一个方向呢？我们什么时候才能看到它呢？我真有点望眼欲穿了。

第二天一大早，我们就起身向阿旃陀走去。穿过了许多片树林和山涧，走过一条半山小径，终于到了阿旃陀石窟。一个个的洞子都是在半山上凿成的。山势形成了半圆形，下临深涧，涧中一泓清水。洞子有大有小，有深有浅，有高有低，沿着半山凿过去，一共有二十九个。窟内的壁画、石像，件件精美，因为没有人来破坏，所以保存得都比较完整。印度朋友说，唐朝的中国高僧玄奘曾到这里来过。以后这些石窟就湮没在荒榛丛莽中，久历春秋，几乎没有人知道这里还有这样一些洞子了。一百多年前，有一个什么英国人上山猎虎，偶尔发现了这些洞子，这才引起人们的注意。以后印度政府加以修缮，在洞前凿成了曲曲折折的石径，有点像中国云南昆明的龙门。从此阿旃陀石窟就成了全印度全世界著名的佛教艺术宝库了。

我们走在洞子前窄窄的石径上，边走边谈，边谈边看，注目凝视，潜心遐想。印度朋友告诉我说，深涧对面的山坡上时常有成群成群的孔雀在那里游戏、舞蹈，早晨晚上孔雀出巢归巢时鸣声响彻整个山涧。我随着印度朋友的叙述，心潮腾涌，浮想联翩。我仿佛看到玄奘就踽踽地走在这条石径上，在阴森黑暗的洞子中出出进进，时而跪下拜佛，时而喃喃诵经。对面山坡上的成群的孔雀好像能知人意，对着这位不远万里而来的异国高僧舞蹈致敬。天上落下了一阵阵的花雨，把整个山麓和洞子照耀得光辉闪闪。

"小心！"印度朋友这样喊了一声，我才从梦幻中走了出来。眼前没有了玄奘，也没有了孔雀。盼望玄奘出现，那当然是完全不可能的。但是，盼望对面山坡上出现一群孔雀总是可能的吧。我于是眼巴巴地望着山涧彼岸的山坡，山坡上绿树成荫，杂草丛生，榛莽中一片寂静，郁郁苍苍，却也明露荒寒之意。大概因为不是清晨黄昏，孔雀还没有出巢归巢，所以只是空望了一番而已。我们这样就离开了阿旃陀。石壁上绚丽的壁画，跪拜诵经的玄奘的姿态，对面山坡上跳舞的孔雀的形象，印度朋友的音容笑貌，在我眼前织成一幅迷离恍惚的幻影。

离开阿旃陀，我们怎样又到了桑其的，我现在已经完全记不清楚了。在我的记忆里，这一段经过好像成了一段曝了光的底片。

越过了这一段，我们已经到了一个临时搭成的帐篷里，在吃着什么，或喝着什么。然后是乘坐吉普车沿着看样子是新修补的山路，盘旋驶上山去。走了多久，拐了多少弯，现在也都记不清楚了。总之是到了山顶上，站在举世闻名的桑其大塔的门前。说是塔，实际上同中国的塔是很不一样的。它是一个大冢模样的东西，北海的白塔约略似之。周围绕着石头雕成的栏杆，四面石门上雕着许多佛教的故事。主要是佛本生的故事。大塔的来源据说可以追溯到公元前阿育王时代。无论如何这座塔总是很古很古的了。据说，它是同释迦牟尼的大弟子大目犍连的舍利有联系的。现在印度学者和世界其他国家学者之所以重视它，还是由于它的美术价值。这一点我似乎也能了解一点。我看到石头浮雕上那些仙人、隐士、老虎、猴子、花朵、草叶、大树、丛林，都雕得形象逼真，生动饱满，简简单单的几个人和物就能充分表达出一个完整的故事。内行的人可以指出哪一块浮雕表现的是哪一个故事。艺术概括的手段确实是非常高明的。我完全沉浸在艺术享受中了。

事隔这样许多年，我们在那座小山上待的时间又非常短，我现在再三努力搅动我的回忆；但是除了那一座圆圆的所谓塔和周围的石雕栏杆以外，什么东西也搅动不出。山势是什么样子？我说不出。塔的附近是什么样子？我说不出。那里的山、水、树、木都是什么样子？我也说不出。现在在我的记忆里，就只剩下一座圆圆的、光秃秃的、周围绕着石栏杆、栏杆上有着世界著名的石雕的大塔，矗立在荒烟蔓草之间……

我们怎样到的那烂陀，现在也记不清楚了。对于这个地方我真是"久仰大名，如雷贯耳"。在长达几百年的时间内，这地方不仅是佛学的中心，而且是印度学术中心。从晋代一直到唐代，中国许多高僧如法显、玄奘、义净等都到过这里，在这里求学。玄奘在《大唐西域记》

远行记

里面对那烂陀有生动的描述。《大唐大慈恩寺三藏法师玄奘传》里对那烂陀的描述更是详尽：

> 六帝相承，各加营造，又以砖垒其外，合为一寺，都建一门。庭序别开，中分八院。宝台星列，琼楼岳峙；观竦烟中，殿飞霞上。生风云于户牖，交日月于轩檐。加以渌水逶迤，青莲菡萏，羯尼花树，晖焕其间。庵没罗林，森竦其外。诸院僧室，皆四重重阁。虬栋虹梁，绿栌朱柱，雕楹镂槛，玉础文楣。蔧接瑶晖，榱连绳彩。印度伽蓝，数乃万千；壮丽崇高，此为其极。僧徒主客，常有万人。

对于玄奘来到这里的情况，这书中也有详尽生动的叙述：

> 向幼日王院安置于觉贤房第四重阁。七日供养己，更安置上房，在护法菩萨房北，加诸供给。日得赡步罗果一百二十枚，槟榔子二十颗，豆蔻二十颗，龙脑香一两，供大人米一升。其米大于乌豆，做饭香鲜，余米不及。唯摩揭陀国有此粳米，余处更无。独供国王及多闻大德，故号为供大人米。月给油三升，酥乳等随日取足，净人一人，婆罗门一人，免诸僧事，行乘象舆。

除了玄奘以外，还有别的一些印度本地的大师。《大唐西域记》里写道：

> 至如护法、护月，振芳尘于遗教；德慧、坚慧，流雅誉于当时。光友之清论，胜友之高谈，智月则风鉴明敏，戒贤乃至德幽邃。

看了这段描述，我眼前仿佛出现了一座极其壮丽宏伟的寺院兼大学。四层高楼直刺入印度那晴朗悠远的蓝天。周围是碧绿的流水，水里面开满了荷花。和煦的微风把荷香吹入我的鼻中。我仿佛看到了上万人的和尚大学生，不远千里万里而来，聚集在这里，攻读佛教经典和印度传统的科学宗教理论，以及哲学理论。其中有几位名扬国内外的大师，都享受特殊的待遇。这些大师都峨冠博带，姿态肃穆。或登坛授业，或伏案著书。整个那烂陀寺远远超过今天的牛津、剑桥、巴黎、柏林等等著名的大学。梵呗之声逖云霄，檀香木的香烟缭绕檐际。夜间则灯烛辉煌，通宵达旦。节日则帝王驾临，慷慨布施。我眼前是一派堂皇富丽，雍容华贵的景象。

我仿佛看到玄奘也居于这些大师之中，住在崇高的四层楼上，吃着供大人米，出门则乘着大象。我甚至仿佛看到玄奘参加印度当时召开辩论大会的情况。他在辩论中出言锋利，如悬河泻水，使他那辩论的对手无所措手足，终至伏地认输。输掉的一方，甚至抽出宝剑，砍掉自己的脑袋。我仿佛看到玄奘参加戒日王举行的大会，他被奉为首座。原野上毡帐如云，象马如雨，兵卒多如恒河沙数，刀光剑影，上冲云霄。戒日王高踞在宝帐中的宝座上，玄奘就坐在他的身旁……

所有这一些幻象都是非常美妙动人的。但幻象毕竟是幻象，一转瞬间，就消逝了。书上描绘的那种豪华的景象早已荡然无存。我眼前看到的只是一片废墟。连断壁颓垣都没有，只有从地里挖掘出来的一些墙壁的残迹。"庭序别开，中分八院"，约略可以看出来。到于崇楼峻阁，则只能相寻于幻想中。如果借用旧诗词的话，那就是"西风残照，汉家陵阙"。

我们在这一片废墟中徘徊瞻望。抚今追昔，感慨万端。虽然眼前已没有什么东西可看，但是又觉得这地方很亲切，而为之流连忘返。为了弥补我们幻想之不足，我们去参观了旁边的那烂陀展览馆。那是一座不算太大的楼房，里面陈列着一些从那烂陀遗址中挖掘出来的文物。还陈列着一些佛典，记得还有不少是从斯里兰卡送来的东西。所有这一切，似乎也没能给我们留下多么深刻的印象。只有玄奘的影子好像总不肯离开我们。中国唐代的这一位高僧不远万里，九死一生，来到了印度，在那烂陀住了相当长的时间，攻读佛典和印度其他的一些古典。他受到了印度人民和帝王的极其优渥的礼遇。他回国以后完成了名著《大唐西域记》，给当时的印度留下极其翔实的记载。至今被印度学者和全世界学者视为稀世珍宝。在印度人民中，一直到今天，玄奘这名字几乎是家喻户晓，妇孺皆知，我们在印度到处都听到有人提到他。在中国，伟大的文学家鲁迅在他的《中国人失掉自信力了吗？》这篇文章中，列举了埋头苦干的人，拼命硬干的人，为民请命的人，舍身求法的人，明白地说这些人都是"中国的脊梁"。他虽然没有提到玄奘的名字，但在"舍身求法的人"中显然有玄奘在。我们同鲁迅一样，对宗教并不欣赏，也不宣扬，但玄奘却不仅仅是一个宗教家。对于这样一位高僧，我平常也是非常崇敬的。今天来到印度，来到了他长期学习生活过的地方，回想到他不是很自然的吗？他的影子不肯离开我们不也是很容易理解的吗？我们抚今追昔，把当时印度人民对待玄奘的情况，同今天印度人民热情款待我们的情况联想起来，对比起来，看到了中印友谊的源远流长；看到这友谊还会长期存在下去，发展下去，我们心里就会热乎乎的，不也是很自然的吗？我们就是怀着这样的心情依依不舍地离开了那烂陀。回望那些废墟又陡然化成了崇楼峻阁，画栋雕梁，在我们眼里闪出异样的光芒。

我们从巴特那，乘坐印度空军的飞机，飞到菩提伽耶，在一个小小的比较简陋的飞机场上降落，好像没用了多少时间。

这里是佛教史上最著名的圣迹。根据古代佛典的记载，释迦牟尼看破红尘出家以后，曾到处游行，寻求大道。碰了许多钉子，曾一度修过苦行，饿得眼看就要活不了了，于是决定改弦更张，喝了一个村女献给他的粥，身体和精神都恢复了一下。最后来到菩提伽耶这个地方，坐在菩提树下，发下宏愿大誓：如果不成正道，就决不离开这个地方。

这个故事究竟可靠到什么程度，今天的佛教学者哪一个也不敢确说。究竟有没有一个释迦牟尼？释迦牟尼是否真到这里来过呢？这些问题学者们都提起过。我们来到这里参观访问，对这些传说都只能姑妄言之姑妄听之。听一听的话，也会觉得很好玩，很有趣，也可以为之解颐。至于追根究底去研究，那是专家学者的事，我们眼前没有那个余裕，没有那个兴趣。就让这个地方涂上一些神话的虹彩，又何尝不可呢？眼前的青山、绿水、竹篱、茅舍，比那些宗教祖师爷对我更有内容，更有吸引力。

同在那烂陀寺一样，法显、玄奘和义净等等著名的中国和尚都是到这里来过的。他们留下的记载都很生动、翔实，又很有趣。当然他们都是虔诚的佛教信徒，对这一切神话，他们都是坚信不疑的。我们没有也不可能有那种坚定的信仰。我们只是踏在印度土地上，想看一看印度土地上的一切现实情况，了解一下印度人民的生活情况，如此而已。对于菩提伽耶，我们也不例外。

我们于是就到处游逛，到处参观。现在回想起来，这里的宝塔、寺庙，好像是非常多。详细的情景，现在已经无从回忆起。在我的记忆里，只是横七竖八地矗立着一些巍峨古老的殿堂，大大小小的宝塔，个个都是古色斑斓，说明了它们已久历春秋。其中最突出的一座，就是紧靠金刚座的大塔。我已经不记得有关这座大塔的神话传说，我也不太关心那些东西，我只觉得这座塔非常古朴可爱而已。

紧靠这大塔的后墙，就是那一棵闻名世界的菩提树。玄奘《大唐西域记》卷第八说：

金刚座上菩提树者，即毕钵罗之树也。昔佛在世，高数百尺，屡经残伐，犹高四五丈。佛坐其下成等正觉，因而谓之菩提树焉。茎干黄白，枝叶青翠，冬夏不凋，光鲜无变。每至如来涅槃之日，叶皆凋落，顷之复故。是日也，

诸国君王，异方法俗，数千万众，不召而集，香
水香乳，以溉以洗。于是奏音乐，列香花，灯
炬继日，竞修供养。

今天我们看到的菩提树大概也只高四五丈，同玄奘
看到的差不多，至多不过有一二百年的寿命。从玄奘到
现在，又已经历了一千多年。这一棵菩提树恐怕也已经
历了几番的"屡经残伐"了。不过玄奘描绘的"茎干黄
白，枝叶青翠，冬夏不凋，光鲜无变"，今天依然如故。
在虔诚的佛教徒眼中，这是一棵神树。他们一定会肃然
起敬，说不定还要跪下，大磕其头，然而在我眼中，它
只不过是一棵枝叶青翠、叶子肥绿的树，觉得它非常可
喜可爱而已。

树下就是那有名的金刚座。据佛典上说，这个地方
"贤劫初成，与土地俱起，据三千大千之中，下极金轮，
上齐地际，金刚所成"，世界动摇，独此地不动，简直说
得神乎其神。前几年，唐山地震，波及北京，我脑海里
曾有过一闪念：现在如果坐在金刚座上，该多么美呀！
这当然只是开开玩笑，我们是决不会相信那神话的。

但是我们也有人，为了纪念，在地上拣起几片掉落
下来的叶片，当时给我们驾驶飞机的一位印度空军军官，
看到我们对树叶这样感兴趣，出于好心，走上前去，伸

手抓住一条树枝，从上面把一串串的小树枝条折了下来，让我们尽情地摘取树叶。他甚至自己摘落一些叶片，硬塞到我们手里。我们虽然知道这棵树的叶片是不能随便摘取的，但是这位军官的厚意难却，我们只好每个人摘取几片，带回国来，做一个很有意义的纪念品了。

同在阿旃陀和那烂陀一样，在这里玄奘的身影又不时浮现到我的眼前。不过在这里，不止是玄奘一个人，还添了法显和义净。我仿佛看到他们穿着黄色的袈裟，跪倒在地上磕头。我仿佛看到他们在这些寺院殿塔之间来往穿行。我仿佛看到他们向那一棵菩提树顶礼膜拜。我仿佛看到他们从金刚座上撮起一小把泥土，小心翼翼地包了起来，准备带回中国。我在这里看到的玄奘似乎同别处不同：他在这里特别虔诚，特别严肃，特别忙碌，特别精进。我小时候阅读《西游记》时已经熟悉了玄奘。当然那是小说家言，不能全信的。现在到了印度，到了菩提伽耶，我对中国这一位舍身求法的高僧，心里不禁油然涌起了无限的敬意。对于增进中印两国人民的友谊，他的作用是不可估量的。在中国人民心目中，在印度人民心目中，他实际上变成了中印友谊的象征，他将长久地活在人民的心中。

我眼前不但有过去的人物的影子，也还有当前的现实的人物。正当我们在参观的时候，好像从地里钻出来一样，突然从远处跑来了一个年老的中国妇女，看样子已经有七十多岁了。她没有削发，却自称是个尼姑。她自己说是湖北人，前清时候来到印度。详细的过程我没有听清楚，也没听清楚她住在什么地方。总之是，她来到了菩提伽耶，朝佛拜祖，在这里带发修行。印度的农民供给她食用之需，待她非常好。看样子她也不懂多少经文，好像连字——不管是中国字还是印度字，也不认识。她缠着小脚，走路一瘸一拐的，却飞也似的冲着我们跑过来，直跑得上气不接下气。恐怕她已经好久没有看到祖国来的人了。今天忽然听说祖国人来，她就不顾一切，拼命跑了过来。她劈头第一句话就是："老爷们的行李下在哪个店里？"我乍听之下，不禁心里一抖：她"不知秦汉，无论魏晋"。我们同她之间的距离已经大到无法想象的程度了，我们好像已经不是同一个世纪的人物了。她对祖国的感情，对祖国来的亲人的感情看样子是非常浓厚的，但是她无法表达。我们对她这样一个桃花源中的人物，也充满了同情。在离开祖国万里之外的异域看到这样一个人物，心里酸甜苦辣，什么滋味都有。我们又是吃惊，又是怜悯，又是同情，又是高兴，但是我们也无法表达。我脑海中翻腾出许许多多的问题：在现在这个世界上，怎么还能有这样的人物呢？在过去漫长的四五十年中，她的生活是怎样过的呀！她不懂印度话，同印度人民是怎样往来呀？她是住在茅庵里，还是大树上呀！她吃饭穿衣是怎样得来的呀？她形单影孤，心里想些什么呀？西天佛祖真能给她以安慰吗？如果我们现在告诉她祖国的情况，她能够理解吗？如此等等，一系列的问号涌上心头。面对着这样一个诚恳朴实又似乎有点痴呆的老年妇女，我们简直不知说些什么好，简直是无所措手足。我们唯一的办法就是给她一些卢比，期望她的余年过得更好一点，此外再也没有什么话可说了。在她那一方面，也似乎有些不知所措。她伸手接过我们给的钱，又激动，又吃惊，又高兴，又悲哀，眼睛里涌出了泪水，说话声音也有些颤抖了。当我们的汽车开动时，她拖着那一双小脚一瘸一拐地跟在我们车后紧跑了一阵。我们从汽车的后窗里看到她的身影，眼睛里也不禁湿润起来……

佛教圣地遍布印度各地，我无法一一回忆。况且事情已经隔了将近三十年，我努力把我的回忆来搅动，目前也只能搅动出这么多来。其余零零碎碎的回忆还多得很，让它们暂且保留在我的记忆中吧！

1979年3月

海德拉巴

　　我脑海里有两个海德拉巴：一个是二十七年以前的，一个是今天的。

　　二十七年前，当我第一次访问印度时，我曾来到这里，而且住了三四天之久。时间相隔既然是这样悠久，我对海德拉巴的记忆，就只剩下了一些断片，破碎支离，不能形成一个清晰的整体。在一团灰色的回忆的迷雾中，时时闪出了巨大的红色的斑点，这是木棉花。我当时曾惊诧于这里木棉树之高、之大，花朵开得像碗口那样大，而且开在参天的巨树上，这对于我这生长在北国的人来说，确实像是一个奇迹，留在脑海里的印象就永生难忘了。

　　但是，除了木棉花之外，再也不能清晰地回忆起什么东西来。只还记得住在尼扎姆的迎宾馆中，庭院清幽，台殿阒静，绿草如茵，杂花似锦；还有一些爬山虎之类的蔓藤，也都开着五彩斑斓的花，绿叶肥大，花朵绚丽，红彤彤，绿油油，显出一片茂盛热闹的景象。至于室内的情况，房屋的结构，则模糊成一团，几乎完全回忆不起来了。

我们到海德拉巴的第一天晚上，就到一个富丽堂皇的宫殿般的邸宅里去拜会尼扎姆的一位兄弟还是什么亲属，我记不清楚了。印度著名的女诗人奈都夫人好像同他也有什么亲戚关系。奈都夫人的女儿陪我们游遍全印。我们就在这里遇到奈都夫人的弟弟。他对我们非常热情，同我们谈到印度农民的生活情况，他们每年的收入，以及他们养的牛和收成，等等，给我留下了深刻的印象。同印度上流社会的人物谈印度农民，这是比较少见的事。从他的言谈中，我体会到，他对印度农民怀有深切的关怀。这当然使我很受感动。他说话的情态，说话时的眼神至今一闭眼仿佛就出现在眼前。我的印象：印度各阶层的人，许多都是希望同中国加强联系，继承和发扬我们两国人民之间的传统友谊。

二十七年前的海德拉巴留给我的印象就只剩下了这一点点。如果需要归纳一下的话，我可以归纳为八个字：清新美妙，富丽堂皇。

一转瞬间，时间竟过去了二十七年，今天我又来到了海德拉巴。我看到的却完全是另一番景象：拥挤不堪的街道，熙熙攘攘的人群，中间奔驰着横冲直撞纵横交错的各种车辆。20世纪的汽车、摩托车，同公元前的马车、牛车并肩前进，快慢悬殊，而且好像是愿意怎样走就怎样走，愿意在什么地方停，就在什么地方停，这当然更增加了混乱。行人的衣着也是五光十色，同这一些车辆配合在一起形成了一幅色调迷乱但又好像有着内在节奏的图画；奏成了一曲喧声沸腾但又不十分刺耳的大合唱。

　　这就是我看到的今天的海德拉巴。如果需要归纳一下的话，我也可以归纳为八个字：喧阗吵闹，烟雾迷腾。

　　我有点迷惘，有点不解：难道这就真是海德拉巴吗？我记忆中的海德拉巴完全不是这个样子的，那一个海德拉巴要美妙得多，幽静得多。但是我眼前看到的却确实就是这个样子。那么究竟哪一个海德拉巴是真实的呢？两个当然都是真实的，但是两个似乎又都不够真实。最真实的只有印度人民对中国人民的深情厚谊。二十七年前是这样，今天仍然是这样。这一点是丝毫也不容怀疑的。

　　在海德拉巴，同在印度其他大城市一样，我们接触到的人民，对我们都特别友好。我们在这里参加过群众大会，也是人山人海，万头攒动，花环戴得你脖子受不住，眼睛看不见，花香猛冲鼻官，从鼻子一直香到心头。我曾到奥斯玛尼亚大学去参加全校欢迎大会，教授和学生挤满了大礼堂。副校长（在印度实际上就是校长）亲自出面招待，主持大会，并亲自致欢迎词。他在致词中说，希望我讲一讲教育和劳动的问题。我感到这个题目太大，大有不知从何处说起之感，临时决定讲中国唐代研究梵文的情况，讲到玄奘，讲到义净的《梵语千字文》和礼言的《梵语杂名》，等等，似乎颇引起听众的兴趣。我知道，在印度，只要讲中印友谊，必然博得热烈的掌声，在海德拉巴也不例外。我们也参加了中印友好协会海德拉巴分会举行的欢迎大会。这次大会开得颇为新颖别致，同时却又生动热烈。大家都盘腿坐在地上，主席台上下完全一样。台上铺着极大的白布垫子，我们都脱掉鞋子坐在上面。照例给中国朋友大戴其花环。黄色花朵组成的花环，倒也罢了。红色玫瑰花组成的花环却引起了一点不安。鲜红的玫瑰花瓣从花环上不停地往下掉落，撒满了坐垫，原来雪白的坐垫，一下子变成了红色花毯。我们就坐在玫瑰花瓣丛中。坐碎了的花瓣染得白布上点点如桃花，芬芳的香气溢满鼻孔，飘拂在空中。我们就在这香气氤氲中倾听着中印两国朋友共颂中印友谊。

所有这一切当然都给我留下难以忘怀的甜蜜的回忆。但是最难以忘怀、最甜蜜的还是对海德拉巴动物园的参观。

印度许多大城市都有动物园。二十七年前我到印度的时候，曾经参观过不少。并且有的规模非常大，比如加尔各答的动物园，在世界上也是颇有一点名气的。印度由于气候的关系，动物繁殖很容易，所以动物的种类很多，数量很大。大象、猴子和蛇，更是名闻世界。海德拉巴的动物园并不特别大，里面动物也不算太多，但是却具有几个其他动物园没有的特色。为了让濒于绝种的狮子能够自由繁殖，人们在这个动物园里特别开辟了一大片山林，把狮子养在里面。一头雄狮可以带多至八个母狮，它们就这样组成了一个狮子家庭，自由自在地生活在荒草密林中，而要参观狮子的人却必须乘坐在带铁笼子的汽车里，开着汽车，到处寻觅狮子。陪我们参观的园主任很有风趣地说："在别的地方是动物被锁在铁笼子里，让人来参观。在这里却是人被锁在铁笼子里，让动物来参观。"我们心惊胆战地坐在车上，在丛莽榛榛的密林中绕了许多圈子，终于在一片树林中发现了狮子家庭。我们的心情立即紧张起来，满以为它们会大声一吼扑上前来。然而不然。狮子家庭怡然傲然躺在地上树荫里，似乎在午睡。听到汽车声，一动也不动。有几只母狮只懒洋洋地把眼睁了睁，又重新闭上，大有不屑一顾之状。我们都有点失望了，没有得到我们心中所期望的那种惊险。我们喊了几声，狮群也是置之不理，我们的汽车停了一会，就又重新开出门禁森严的狮子林。我们都是生平第一次坐在铁笼里被野兽来欣赏。这当然别有风味在心头，我们也就都很满意了。

出了狮子林，又进老虎山。这里的老虎山也别具特色。我们到的时候，老虎还在山中河畔奔跳嬉戏。饲虎人发出了一声怪调，老虎立刻跑回到铁栅栏里，饲虎人乘机把一个铁门放下来，挡住了老虎的退路。老虎只好待在一个几丈见方的铁栅栏里，来回地绕圈子。这时园主任就亲切地招呼我们把手从铁柱子的缝隙里伸进铁栅栏去摸老虎。我们开头确实有点胆怯，手想伸又缩。中国俗话说"老虎屁股摸不得"，这话早已深入人心，老虎如何能去摸呢？但是园主任却再三敦促解释，说这老虎是在动物园里养大的，人抚摩它，它会感到高兴，吼上两声，是表示它内心的快乐，决无恶意，用不着害怕。他并且还再三示范，亲自把手伸进铁栅栏，抚摩老虎的脖子和屁股。我也就战战兢兢地把手伸了进去，摸了一下老虎的屁股。中国俗话说是摸不得的东西我终于摸了，这难道不是一生中难以忘怀的事情吗？

我们转身又去看一只病豹，它被夹在一个铁笼子里，不能转身，不能乱动，这样医生就可以随意给它扎针注射。我们还去看了一只小老虎。园主任说，这只小老虎从小养在他家里，他的小孩就同它玩，像一只小猫似的。现在，不过才八个月，但已经知道龇牙咧嘴，大有不逊之意，不像小时候那样驯服好玩，只好把它关在笼子里了。

我们就这样参观了海德拉巴的动物园。这一切都可以说是奇遇，都是毕生难忘的。但是，这一切之所以难忘，并不在于猎奇，而在于印度劳动人民对我们自然流露出来的友好情谊。据我了解，在印度饲养狮虎的人大抵都是出身于低级种姓的劳动人民。我们刚进动物园的时候，并没有注意到他们，因为他们好像影子似的、悄悄地走路，悄悄地干活，不发出一点声音。仿佛到了狮子林老虎山，他们才突然出现在我们眼前。狮子林中，老虎山上，饲养员就是他们这一些人。另外还有一个狮子山，里面养着几头狮子，同前面讲的狮子林不是一回事，在这里狮子是圈在一片山林中的，人们站在壕沟旁边来欣赏它们。一个皮肤黝黑的饲养员发出一种类似"来，来"的声音。这当然不是中文的"来"，而好像是狮子的名字。听到呼喊自己的名字，猛然从密林深处响起一片惊雷似的怒吼，一头大雄狮狂奔过来。山洞中怒吼的回声久久不息。我们冷不防吃了一惊，我们下意识地就想躲开，但一看到前面的壕沟，知道狮子是跳不过来的，才安定了心神，以壕沟对面的雄狮为背景，大照其相。

到了此时，我才认真注意到这位饲养员的存在，如果没有他，我们是无论如何也无法把狮子叫过来的。我默默地打量着那位淳朴老实的印度劳动人民，心里油然兴起感激之情。

在上面讲到狮林虎山中，照管狮子老虎的也同样是这些皮肤黝黑的劳动人民。他们大都不会讲英语。连我在二十七年前住在印度总统府中时遇到的那一位服务员也不例外。我们无法同他们攀谈，不管我们的主观愿望是如何的迫切。但是，只要我们一看他们那朴素的外表、诚恳的面容、和蔼的笑貌、老实的行动，就会被他们吸引住。如果再端详一下他们那黧黑的肤色，还有上面那风吹日晒的痕迹，我们就更会感动起来。同我们接触，他们不免有些拘谨，有些紧张，有些腼腆，甚至有些不知所措。但是他们那一摇头、一微笑的神态，却是充满了热情的。此时无言胜有言，这些无言的感受反而似乎胜过千言万语。语言反而成为画蛇添足的东西了。至于他们对新中国是怎样了解的，我说不清楚。恐怕连他们自己也说不清楚。他们可能认为中国是一个很神秘的国家，一个非常辽远的国家，但又是一个很友好的国家。他们可能对中国有一些不切实际的幻想。但是他们对中国有感情，对中国人民有感情，这是一眼就可以看出来的。至于像园主任这样的知识分子，他们都能讲英语，我们交流思想是没有困难的。他们对中国、对中国人的感情可以直接表达出来。此时有言若无言，语言作为表达人民之间的感情也是未可厚非的了。

我现在不再伤脑筋去思索究竟哪一个海德拉巴是真实的了。两者都是真实的，或者两者都不是真实的，这似乎是一个玄学的问题，完全没有回答的必要。勉强回答，反落言筌。不去回答，更得真意。海德拉巴的人民，同印度全国的人民一样，都对中国人民友好。因此，对我来讲，只有一个海德拉巴，这就是对中国友好的海德拉巴。这个海德拉巴是再真实不过的，我将永远怀念这样一个海德拉巴。

1979年2月21日

海德拉巴

重过仰光

从飞机的小窗子里看下去，地面上闪出一团金光，高高地突出在一片浓绿之上，我心里想：仰光到了。

是的，仰光到了。几分钟以后，我们就下了飞机，踏上了这一个美丽的城市的土地。

踏上这里的土地，我心里是温暖的。

又怎么能不温暖呢？我真仿佛同这一个美丽的城市结了缘，在短短十年之内，我这是第六次来到这里了。

第一次是坐船来的。船一转进伊洛瓦底江，就看到远处在云霭缥缈中，有一个高塔耸入蔚蓝的晴空，闪着耀眼的金光。有人告诉我，这就是有名的大金塔，是仰光的象征。

从此，这一座仿佛只能在神话里才能看到的大金塔和这一个可爱的城市就在我心里生了根。

第一次，我在这里住的时间比较长，几乎有三个星期。我走遍了所有的主要街道。我既爱挂满了中国字招牌的华侨聚居的广东大街，它让我想到我们的祖国，说实话，这里的中国味真像国内一样浓烈；我也爱两边长满了绿树的郊区的街道。在这里常常会碰到几头神牛，慢悠悠地在绿树丛中转来转去。我十分欣赏它们那种高视阔步睥睨一切、仿佛是天上天下唯我独尊的神气。

我参观了所有的应该参观的地方，其中当然包括大金塔。第一次参观这座佛塔的印象是永生难忘的。我赤着脚走过长长的两旁摆满了花摊的走廊，一步步高上去，终于走到大塔跟前。脚踏在大理石铺的地上，透心的凉。这的确是一个很奇妙的地方。不知道有多少大大小小的殿堂，里面坐满各种各样的佛像。许多善男信女就长跪在这些神像面前，闭目合掌，虔心祷祝。有的烧香，有的泼水，有的供鲜花，有的点蜡烛，有的口中念念有词，大概是对佛爷说话吧。对我来说，这些都是十分新鲜有趣的。至于大金塔本身，那真不愧是一个黄色的奇迹。那么大一座东西，身上竟都糊满了金纸，看上去就像是黄金铸成。整个塔闪着耀眼的金光，比从船上看显得强烈多了。这金光仿佛把周围的一切楼阁殿堂、一切人物树木都化成了黄金色，这金光仿佛弥漫了宇宙。

从那以后，我的一切活动仿佛都离不开这一个黄色的奇迹；因为，在全城任何地方，只要抬头，总可以看到它，金光闪闪，高高地突出在一片浓绿之上。

我的活动是多方面的。我曾访问过仰光大学，同教授们会了面，看了学生的宿舍。我曾看过缅甸艺术家的画廊，欣赏那些五光十色的杰作。我曾拜访过作家和电影演员，他们拿出自己精心编演的影片，给我们美的享受。

这一切都是使人难忘的。但是最令人难忘的还是这里的华侨。他们有的在这里已经住了几代，有的住了几十年，他们一方面同本地人和睦相处，遵守本地的法令，对于这个国家的建设工作也贡献了一些力量；另一方面，他们又热爱自己的祖国，用最大的毅力来保留祖国的风俗习惯。只要祖国有人来，他们就热情招待。我每次同他们接触，都觉得从他们身上学习了一些东西。

此外，还有一个使我永远不能忘怀的人。他是一个十几岁的缅甸孩子。他在一所豪华富丽的旅馆里当服务员。我曾在这里住过一些时候，出出进进，总看到这个男孩子站在大门内的服务台旁边，瞪着一双又圆又大的眼睛，露着一嘴白牙，脸上满是笑容。我很喜欢他，他似乎对我也有一些好感，不久我们就成了朋友。每次我从外面回来，他总跑着迎上去，抢走我手里拿着的东西，飞跑上楼，送到我的房间里。我每次出门，他总跑出去，招呼车辆。我离开这个旅馆的时候，他流露出十分强烈的惜别的情绪，握住我的手，再三说要到北京来看我。

这一切都是过去的事情了。但是，它却并没有因为过去而被遗忘，而是正相反：我每次走过仰光，总不由自主地要温习一遍，时间越久，印象越深刻，历历如绘，栩栩如生，仿佛是昨天才发生的事情。

现在我又来到仰光了。一走下飞机，我就下定决心，要把我回忆中的那些人物和地方都再去看上一看，重新温理旧梦。

当天下午，我就到华侨中学去看中国国家男子篮球队同这个中学的校队比赛篮球。在球场上，我遇到了许多华侨界的老朋友，我们握手话旧，喜上眉梢。那些华侨学生，一个个精力充沛，像生龙活虎一般，看了不由得从心里喜爱。他们为欢迎国家篮球队挂了一幅大标语，上面写着："欢迎祖国来的亲人"。我觉得其中也有我一份，让我一出国就感到无限温暖。

今天早晨，在半睡半醒中，听到楼外面呀呀乱叫，闹嚷嚷吵成一团。我从窗子里看出去：成群的乌鸦飞舞在叶子像翡翠似的大树的周围。它们大声呼喊，震耳欲聋，仿佛不知道世界上还有别的动物，想把世界独占。应该说，我是并不怎样欣赏这种鸟的。但是，在仰光看到这一些浑身黑得像炭精一样的鸟，听到它们呀呀的叫声，我却并不感到多大厌恶。因为它们让我清清楚楚地感觉到，我现在不是在世界上任何城市，而是在缅甸的仰光。这种感觉对我来说是十分珍贵的。我愿意常常保持这种感觉。

大金塔，我当然还是要去拜访一次的。几年没见，我这老朋友似乎越来越年轻了。塔本身大概又重新贴了金，那些小塔也好像是都洗过澡，换上了新衣服，一个个金光闪闪，让人不敢逼视。因为是在早晨，拜佛的人不多，但是也有一些人跪在佛像前，合掌顶礼，焚烧香烛，嘴里祷祝着什么。还有人带着大米来喂鸟，把米一把把地撒在大理石铺的地上。珍珠似的米粒在地上跳动，宛如深蓝色的水面上激起的雪似的浪花。一群鸽子和乌鸦拥挤着，抢着来啄食米粒，吃完再飞上金塔。远远望去，好像是大块黄金上镶嵌了无数的黑宝石。

因为这一次在这里只能停留几天，我们的活动不多。但是我已经很满意了。我怀念的那一些人和那一些地方，我几乎都看到了。我将怀着一颗温暖的心，离开这个美

丽的城市，走向离开祖国更远的地方去。如果说还感觉
到什么美中不足的话，那就是，我没有能够看到那一个
在旅馆里工作的小男孩。我在深切地怀念着他。他什么
时候才能到北京来看我呢？

1962 年 11 月 25 日于仰光

游巴德冈故宫和哈奴曼多卡宫

　　出加德满都，汽车行驶约三十公里，来到了巴德冈故宫广场。

　　当年尼泊尔河谷曾经分为三国，这里是一国的首都。我无论如何也难以理解，在这样一条窄狭的河谷里竟然能容下三个国家。他们之间鸡犬之声相闻，打起仗来，怎样能摆开阵势呢？想到中国的三国，相距千里，中阻长江大河，崇山峻岭，一旦交兵，或则舳舻蔽江，投鞭断流，或则火烧连营七百里，那是一种什么样的场面，又是一种多么大的气势呢？

　　这故宫广场不算太大，也不方方正正。这里有一所国家艺术画廊，是一所古老的建筑。外面墙上窗子上有非常精美的木雕。木雕是尼泊尔人民民间艺术的精华，颇能表现出尼泊尔民间艺人的艺术水平。木雕的内容大概不外是神话故事、佛像和印度教的神像，以及天然景物，树木花卉，鸟兽虫鱼之类，看上去姿态生动逼真，细致而又繁复。

在广场周围有许多尼泊尔著名的宫殿和庙宇，有金门，有五十五扇精雕细琢的窗子，还有尼亚塔波拉庙，即所谓五层塔，是闻名遐迩的古代建筑，也是尼泊尔的最高的寺庙建筑。另外还有一座独木庙，叫作被达塔特拉亚庙，据说是用一棵无比巨大的大树建成的，迄今已有五百年的历史了。

这些古代庙宇对我这个初来尼泊尔的人来说都是非常新奇的、可爱的；但是，说也奇怪，我最感兴趣的还是这里的人民。因为警卫森严，其他参观游览者都被阻在一条警卫线以外，那里万头攒动，伸长了脖子，看我们这一群"洋鬼子"。在那些人里面，我看到了几个碧眼黄发的真正的"洋鬼子"，高高耸立在尼泊尔人群之上，手执照相机，拼命在那里抢几个十分难得的镜头。

但是最让我感动的却是一个约摸只有五六岁的小男孩。尼泊尔的警察规定，住在街道两边的住户决不允许跨出门限。这个小男孩和他的母亲就站在门限以内，双手合十，装出十分严肃的样子，瞅着我们。我一转瞬瞥见了这个小男孩，觉得十分有趣，也连忙双手合十，对他说了一声 Namas te（向你致敬）！小孩腼腆一笑，竟然也说了一声 Namas te。这是一件只发生在几秒钟以内的小事，然而却将使我终身不忘。这个小男孩人小作用大，他对中国人民由衷的感情，真使我万分感动。

过了一天，我们又去参观哈奴曼多卡宫，这也是一座古老的王宫，正处在加德满都闹市中心，周围是最繁华的商业街道和巴扎尔。这一座王宫最早建于13世纪以前的李查维王朝。15世纪末马拉王朝分裂，这一座王宫就成了历代马拉国王的正式宫殿。后来，普里特维·纳拉扬攻陷加德满都，统一了尼泊尔，此宫又成为沙阿王朝的王宫，直至19世纪70年代王室迁出为止。

"哈奴曼多卡"的意思是"哈奴曼门"。哈奴曼是印度大史诗《罗摩衍那》中神猴的名字。今天，这个神猴的像还矗立在王宫门前，颈挂花环，口涂红水，座前香烟缭绕，看来仍然受到尼泊尔人民的膜拜。

宫内房屋极多，千门万户，宛如蜂房。我们走进去，好像进入了迷魂阵一样。历代国王的画像，还有他们的寝宫，一个接一个，令人目不暇接。但是我感到兴趣的却是一座极高大的似楼又似塔的建筑，檐边挂着红绸子，在风中飘动，同在我国西藏所见到的情景几乎完全一样，由此可见两国文化宗教关系之密切。事实上，两国过去有长期的文化交流的历史，尼泊尔工程师到中国来建筑宫殿，连我们日常吃的菠菜也是从尼泊尔移植过来的。

一提到这些事情，尼泊尔朋友就发生极大的兴趣，两国人民的心好像更挨近了。

在这座寥落的故宫里，引起了我极大的兴趣的还有成群的鸽子。也不知道它们原来栖息在什么地方，忽然倾巢而出，在巍峨崇高的楼台殿阁之间，盘旋飞翔，翅影弥天。因为今天这里戒严，参观群众都被阻在宫门以外，宽敞的庭院里，除了我们这一伙人外，空无一人。鸽子的叫声和翅影给这种寂静带来了生气，带来了诗意。我看了风中飘动的红绸，听了鸽子的叫声，身处寥落古王宫之中，仿佛进入了某一种幻境，飘飘然遗世而独立了。

仍然像在巴德冈故宫一样，一走出王宫的大门，群众被拦在警戒线以外，除了形形色色的尼泊尔老百姓以外，还有不少碧眼黄发的欧美人士，站在人群里，因为个子高，大有鹤立鸡群之势，个个手执照相机，高高地举了起来，想抢一个难得的镜头。大家都面含笑意，我们对着他们微笑，他们也以微笑相报。无法谈话，无从握手，但是感情仿佛能得到交流。连这一座古老的宫殿都仿佛变得年轻了，到处洋溢着勃勃的生气，友谊弥漫太空。此情此景，我将毕生难忘。

1986 年 12 月 4 日于北京大学朗润园

游兽主（Paśupati）大庙

　　我们从尼泊尔皇家植物园返回加德满都城，路上绕道去看闻名南亚次大陆的印度教的圣地兽主大庙。

　　大庙所处的地方并不冲要；要走过几条狭窄又不十分干净的小巷子才能走到。尼泊尔的圣河，同印度圣河恒河并称的波特摩瓦底河，流过大庙前面。在这一条圣河的岸边上建筑了几个台子，据说是焚烧死人尸体的地方，焚烧剩下的灰就近倾入河中。这一条河同印度恒河一样，据说是通向天堂的。骨灰倾入河中，人就上升天堂了。

　　兽主是印度教三大主神之一，平常被称作湿婆的就是。湿婆的象征 linga，是一个大石柱。这里既然是湿婆的庙，所以 linga 也被供在这里，就在庙门外河对岸的一座石头屋子里。据说，这里的妇女如果不生孩子，来到 linga 前面，烧香磕头，然后用手抚摩 linga，回去就能怀孕生子。是不是真正这样灵验呢？就只有天知道或者湿婆大神知道了。

庙门口皇皇然立着一个大木牌，上面写着"非印度教徒严禁入内"。我们不是印度教徒，当然只能从外面向门内张望一番，然后望然去之。庙内并不怎样干净，同小说中描绘的洞天福地迥乎不同。看上去好像也并没有什么神圣或神秘的地方。古人诗说："凡所难求皆绝好。"既然无论如何也进不去，只好觉得庙内一切"皆绝好"了。

人们告诉我们，这座大庙在印度也广有名气。每年到了什么节日，信印度教的印度人不远千里，跋山涉水，到这里来朝拜大神。我们确实看到了几个苦行僧打扮的人，但不知是否就是从印度来的。不管怎样，此处是圣地无疑，否则挂竹杖梳辫子的圣人苦行者也不会到这里来流连盘桓了。

说老实话，我从来也没有信过任何神灵。我对什么神庙，什么兽主，什么 linga，并不怎么感兴趣。引起我的兴趣的是另外一些东西。庙中高阁的顶上落满了鸽子。虽然已近黄昏，暮色从远处的雪山顶端慢慢下降，夕阳残照古庙颓垣，树梢上都抹上了一点金黄。是鸽子休息的时候了。但是它们好像还没有完全休息，从鸽群中不时发出了咕咕的叫声。比鸽子还更引起我的兴趣的是猴子。房顶上，院墙上，附近居民的屋子上，圣河小桥的栏杆上，到处都是猴，又跳又跃，又喊又叫。有的老猴子背上背着小猴子，或者怀里抱着小猴子，在屋顶与屋顶之间，来来往往，片刻不停。有的背上驮着一片夕阳，闪出耀眼的金光。当它们走上桥头的时候，我也正走到那里。我忽然心血来潮，伸手想摸一下一只小猴子。没想到老猴子决不退避，而是龇牙咧嘴，抬起爪子，准备向我进攻。这种突然袭击，真正震慑住了我，我连忙退避三舍，躲到一旁去了。

我忽然灵机一动，想入非非。我上面已经说到，印度教的庙非印度教徒是严禁入内的。如果硬往里闯，其后果往往非常严酷。但这只是对人而言，对猴子则另当别论。人不能进，但是猴子能进。难道因为是畜类而格外受到优待吗？猴子们大概根本不关心人间的教派、人间的种姓、人间的阶级、人间的官吏，什么法律规章，什么达官显宦，它们统统不放在眼中，加以蔑视。从来也没有什么人把猴子同宗教信仰联系起来。猴子是这样，鸽子也是这样，在所有的国家统统是这样。猴子们和鸽子们大概认为，人间的这一些花样都是毫无意义的。它们独行独来，天马行空，海阔纵鱼跃，天高任鸟飞，它们比人类要自由得多。按照一些国家轮回转生的学说，猴子们和鸽子们大概未必真想转生为人吧！

我的幻想实在有点过了头，还是赶快收回来吧。在人间，在我眼前的兽主大庙门前，人们熙攘往来。有的衣着讲究，有的浑身褴褛。苦行者昂首阔步，满面圣气，手拄竹杖，头梳长发，走在人群之中，宛如鸡群之鹤。卖鲜花的小贩，安然盘腿坐在小铺子里，恭候主顾大驾光临。高鼻子蓝眼睛满头黄发的外国青年男女，背着书包，站在那里商量着什么。神牛们也夹在中间，慢慢前进。讨饭的瞎子和小孩子伸手向人要钱。小铺子里摆出的新鲜的白萝卜等菜蔬闪出了白色的光芒。在这些拥挤肮脏的小巷子里散发出一种不太让人愉快的气味，一团人间繁忙的气象。

我们也是凡夫俗子，从来没有想超凡入圣，或者转生成什么贵人，什么天神，什么菩萨等等，等等。对神庙也并不那么虔敬。可是尼泊尔人对我们这些"洋鬼子"还是非常友好，他们一不围观，二不嘲弄。小孩子见了我们，也都和蔼地一笑，然后腼腼腆腆地躲在母亲身后，露出两只大眼睛瞅着我们。我们觉得十分可爱，十分好玩。我们知道，我们是处在朋友们中间。兽主大庙的门没为我们敞开，这是千百年来的流风遗俗，我们丝毫也不介意。我们心情怡悦。当我们离开大庙时，听到圣河里潺潺的流水声，我们祝愿，尼泊尔朋友在活着的时候就能通过这条圣河，走向人间天堂。我们也祝愿，兽主大庙千奇百怪的神灵会加福给他们！

1986 年 11 月 30 日离别尼泊尔前，于苏尔提旅馆

望雪山

——游图利凯尔

其实，在加德满都城内，到处都可以望到雪山。六天以前，我一走下飞机，就惊异于此地山岭之多，抬眼向四周一看，几乎都是高高低低起伏如波涛的山峦。在碧绿的群山背后，有几处雪峰，高悬天际，初看宛如片片白云。白雪皑皑的峰巅，夕阳照上去，闪出耀眼的银光。

前几天，在世界佛教联谊会的大会开幕仪式上，我坐在主席台上，台下万头攒动，蓦抬头，看到远处的万古雪峰横亘天际。唐人诗说："林表明霁色，城中增暮寒。"我想改换一下："天际明雪色，城中增暮寒。"约略能够表达出当时的情景。

又过了两天，代表团中有的同志建议，到离雪山更近一点的图利凯尔去看雪山，我欣然同意。我历来对雪山有好感，但是我看到的雪山并不多。只在新疆乌鲁木齐附近的天池看过两次，觉得非常新鲜。下面是炎热的天气，然而抬头向上一看，仿佛就在不远的地方却是险峰积雪，衬着蔚蓝的晴空，愈显得像冰心玉壶；又仿佛近在眼前，抬腿就可以走到，伸手就可以抓到一把雪。实际上，路是非常遥远的。从雪峰下来的采莲人手持雪莲，向游客兜售。淡黄色的雪莲仿佛带来了万古雪峰顶上的寒意，使我们身处酷夏，而心在广寒。此情此景，终生难忘。

现在，我来到了尼泊尔。这里雪峰之多，远非天池可比。仅仅从加德满都城里面就能够看到不少。在全世界上，也只有我国西藏和尼泊尔有这样多这样高的雪峰。我到这里来的时候，曾在飞机上看过雪山。那是从上面向下看。现在如果再从下面向上看一看的话，那该是多么有趣多么新鲜啊！怀着这样热切期待的心情，我们八个人立即驱车到了图利凯尔。

这个地方离雪峰近了一点，但是同加德满都比较起来也近不了多少。可是因为此地踞小峰之巅，前面非常开阔，好像是一个大山谷，烟树迷离，阡陌纵横。山谷对面，一片云雾上面就是连绵数千百里的奇峰峻岭。从这里看雪山，清晰异常。因此，多少年以来，此地就成了饱览雪山风光的胜地，外国旅游者没有不到这里来的。如果不到这里来，不管你在尼泊尔看到过多少地方，也算是有虚此行，离开之后，后悔莫及了。

今天，天公确实真是作美。早晨照例浓雾蔽天，八九点钟了，还没有消退的意思。尼泊尔朋友说，今天恐怕要全天阴天了，看雪山有点问题了。然而我们的汽车一驶出加德满都，慢慢地向上行驶的时候，天空里忽然烟消云散，一轮红日高悬中天。尼泊尔主人显然高兴起来，他们认为让中国客人看到雪山是自己的职责。我们也同样激动起来。我们不远万里而来，如果不能清晰地看一下雪山的真面目，能不终生感到遗憾吗？

在半山坡的绿草地上，早已有人铺上了白布，旁边的桌子上摆满了食品，几辆挂着国旗的小轿车停在附近，看样子是哪一个国家的大使馆的车子。大人、小孩、男男女女，在草地上溜达着，手里拿着望远镜，指指点点，大概是议论对面雪峰的名称。在我们眼前隔着那一条极为广阔的峡谷，对面群峰林立，从右到左，蜿蜒不知道有几百几千里，只见黑鸦鸦的一片崇山峻岭，灰色的云彩在上面飘动。简直分不清哪是云，哪是山。在这群山后面或者上面，是一座座白皑皑的万古雪峰，逶迤也不知道几百几千里，巍然耸立在那里。偶然一失神，这一座座的雪峰仿佛流动起来，像朵朵的白云飘动在灰蓝色的山峰上面。这些雪峰太高了，相距那么远，还要抬头去看。我还从来没有看到过这样多、这样高、这样白的雪峰。我知道这些雪峰下面蓝色的云团也并不是云彩，而是真正的山。仿佛比这蓝色云团再高的地方就不应该再有山峰了。可是那些飘浮在这些蓝色云团的白色的云彩，确确实实是真正的雪峰。这真可以算是宇宙奇景，别的地方看不到的了。

按照地图，从右到左，一共排列着十三座有名有姓的雪峰，在世界上都广有名声。其中有不少从来没有被凡人征服过。上面什么样子，谁也说不清楚。人们可以幻想，大概只有神仙才能住在上面吧。过去的人确实这样幻想过。中国古代的昆仑山上不就住着神仙吗？印度古代的神话也说雪山顶上是神仙的世界。可是世界上哪里会有什么神仙呢？然而，如果说雪峰上面什么都没有，我的感情似乎又有点不甘心。那不太寂寞了吗？那样晶莹澄澈的广寒天宫只让白雪统治，不太有点煞风景了吗？我只好幻想，上面有琼楼玉宇、阆苑天宫，那里有仙人，有罗汉，有佛爷，有菩萨，有安拉，有大梵天，有上帝，有天老爷，不管哪一个教门的神灵们，统统都

远行记

上去住吧。他们乘鸾驾凤，骑上猛狮、白象，遨游太虚吧。

别人看了雪山想些什么，我说不出。我自己却是浮想联翩，神驰六合。自己制造幻影，自己相信，而且乐在其中，我真有流连忘返之意了。当我们走上归途时，不管汽车走到什么地方，向右面的茫茫天际看去，总会看到亮晶晶的雪山群峰直插昊天。这白色的群峰好像是追着我们的车子直跑，一直把我们送进加德满都城。

1986 年 12 月 1 日于北京大学朗润园

望雪山

别加德满都

古时候，佛教禁止和尚在一棵树下连住上三宿，怕他对这一棵树产生了眷恋之心。佛教的立法者们的做法是煞费苦心而又正确的。

说老实话，我初到加德满都的时候，看到这地方街道比较狭窄，人们的衣着也不太整洁，尘土比较多，房屋也低暗，我刚刚从日本回来，不由自主地就要对比两个国家，我立刻萌发了一个念头：赶快离开这里回国吧！

但是，过了不到半天，我的想法就来了一个一百八十度的大转弯。我乘着车子走过了许多条大大小小宽宽窄窄的街道，街道确实不能说是十分干净的，人们的面貌也确实不像日本那样同我们简直是一模一样，望上去让人没有陌生之感。可是我忽然发现，这里同我的祖国有很多相似的地方。特别是同我幼年住过的山东乡村、六十年代初期"四清"时待过的京郊农村，更是非常相似。在那里，到处都有我最喜爱的狗，猪也成群结队地在街道上哼着叫着，到垃圾堆里去寻找食物，鸭子和鸡也叫着、跳着，杂在猪狗之间。小孩子同小狗、小猪一起玩耍，活蹦乱跳。偶尔还有炊烟从低矮黑暗的屋子里飘了出来，气味并不好闻，但却亲切、朴素，真正是乡村的气息。加德满都是一个大城市，同乡村不能完全一样；但是乡村的气息还是多少有一点的。这使我想到家乡，愉快之感在内心里跃动。

晚上走过这里的大街，电灯多半不十分耀眼明亮。霓虹灯不能说是没有，但比较少，也不十分光辉夺目。有的地方甚至灯光暗淡，人影迷离。同日本东京的银座之夜比较起来，天地悬殊。在那里，光明晃耀，灯光烛天，好像是从东海龙王那里取来了夜光宝珠，又从佛教兜率天取来了水晶琉璃，修筑了黄金宝阶，白银栏杆、千层宝塔、万间精舍，只见宇宙一片通明，直上灵霄宝殿，遍照三千大千世界。美则美矣，可我觉得与自己无关。我在惊奇中颇有冷漠之感。

在这里，在加德满都，没有那样光明，没有那样多彩，没有那样让人吃惊，没有那样引人入胜；可我从内心深处觉得亲切、淳朴、可爱、有趣，仿佛更接近自己的心灵。街旁的神龛里供着一些神像，但是没像在印度那样上面洒满了象征鲜血的红水。参天大树挺立在那里，告诉我们这个城市的古老。间或也能看到四时不谢的鲜花，红的、黄的都有，从矮矮的围墙后面探出头来，告诉我们，此时在我国虽然已是冬天，此地却仍然是春意盎然，这是一座四时皆春的春城。

除了上面这一些表面上能看到的东西以外，在我们心里还蕴涵着一种感情，是在任何别的地方都难以产生的。在尼泊尔流传着一个神话传说，说加德满都峡谷原来是大水弥漫，只有鱼虾，没有人类。文殊菩萨手挥巨剑，把一座小山劈成两半，中间留了一个口子，大水从此地流出，于是出现了陆地，出现了居民，出现了加德满都城，尼泊尔从此繁衍滋生，成为现在这个样子。而文殊菩萨的故乡则是在中国的五台山，至今他还住在那里。尼泊尔人视此山为圣地。

这当然只是一个神话，但是神话也是有背景的。为什么尼泊尔人民不把文殊菩萨的故乡说成是在别的国家，而偏偏说成是在中国呢？对中尼两国人民来说，这是一个多有意义的神话啊！尼泊尔人本来就是一个温顺和平的民族，再加上这样一个神话，所以他们每一个人都对中国怀有纯真深厚的感情。现在我们所到之处都能体会到这样一种感情，都能看到微笑的面孔，我们都陶醉在尼泊尔人民的友谊中了。

我们总共在加德满都只待了六天。可是这六天已经是佛祖允许和尚在一棵树下住宿时间的两倍。我们的所见所闻是很有局限的。可是，经过了我上面说过的思想感情一百八十度的大转变之后，我对于这一座不能算是太大的城市的感情与日俱增，与时俱增。临别那一天的早晨，我很早就起来了。我打开窗子，面对着外面每天早晨都必然腾起的浓雾，浓雾把眼前的一切东西都转变成了淡淡的影子。我又听到从浓雾中的某一个地方传来了犬吠声和不知从哪一家屋顶上传来了鸽子咕咕的叫声。我此时确实看不到我最喜欢看的雪山——它完全被浓雾遮蔽住了。但是，我的眼睛似乎有了佛教所谓的天眼通的神力，我能看到每一座雪峰，我的心飞到了这些雪峰的顶上，任意驰骋。连象征中尼友好的世界第一高峰珠穆朗玛峰，我似乎都看到了。我的心情又是激动，又是眷恋，又感到温暖，又觉得冷森，一时之间，我简直有点不知所措了。

别了，加德满都！

我相信，有朝一日，我还会回来的。

1986 年 12 月 2 日下午于北京大学朗润园

下瀛洲

我仿佛正飞向一个古老又充满了神话的世界，心里有点激动，又有点好奇。但我又知道，这是一个崭新的完完全全现实的世界，我的心情又平静下来……

我就是怀着这样复杂多变的心情，平静地坐在机舱内。飞机正飞行在万米高空。我觉得，仿佛是自己生上了翅膀，"排空驭气奔如电"，飞行的是我自己，而不是飞机。下面是茫茫云海，大地上的东西，什么都看不到。但是，从时间上来推算，我大体上能知道，下面是什么地方。两个多小时以后，茫茫云海并没有改变。但是我明确地知道，下面是大海。又过了一些时候，飞行速度似乎在下降。不久，凭机窗俯望，就看到海岸像一抹绿痕：日本到了。

我是第一次到日本来。但是我从小就读了大量关于日本的书籍，什么瀛洲，什么蓬莱三岛。虽然我不大懂这些东西，"山在虚无缥缈间"，可是日本对我并不陌生。今天我竟然来到了这里。对来过的人说来，也许是司空见惯的事。对我说来，却是满怀新奇之感。机舱中那种复杂的心情，又向我袭来。我不禁有点兴奋起来了。

同行的一位青年教师说："来到日本，似乎是出了国，又似乎没有出。"短短几句话很形象地道出了一个中国人初到日本的心情，事情确实是这样。时间只相隔两三个小时，短到让我们决不会想到自己已经远适异域。东京大街上的招牌、匾额，甚至连警察厅的许多通告和条例，基本上都是汉字，我们一看就能明白。街上接踵联袂的行人，面孔又同我们差不多。说是已经身在异国，似乎是不大可信的。从前一位中国诗人到了法国巴黎，写了两句有名的诗："对月略能推汉历，看花苦为译秦名。"在东京，也同在巴黎一样，是在国外；但是我们却决不会有这样的感觉。"月是故乡明"，在日本也同样的明了，至于花，好多花的名字，中日文是一致的。倘若我们不仔细留意，我们决不会感到，我们已经是在离开祖国几千里外的异域了。

但是，最重要的还不是这些表面上的东西，而是日本人民的心。近两三年来，我在北京大学接待过几十个日本代表团。其中有重要的政治家，有著名的学者和作家，有年高德劭的大和尚，有声名远扬的亲台派，有老人，有青年，有男子，有妇女。他们的职业和经历都是完全不同的，政治见解也是五花八门。但是，他们几乎都有一颗对中国人民诚挚的心。他们对于中国过去的文化曾经帮助过日本这一件事，表示由衷的感谢；对于极少数军国主义者给中国人民造成的灾难，又表示真诚的内疚。我曾多次为这样一颗颗的心而感动。我感到，从我们嘴里说出的和我们耳朵里听到的"中日人民世世代代友好下去"这一句话，表示了我们两国人民的真诚愿望，决不是一句空洞的话。

就在不久以前，我招待一个日本大学校长代表团。团长是一位学自然科学的大学校长。他纯朴热情，诚挚忠厚，真正是一位学者。看样子，他并不擅长辞令，但是说出来的话却句句能激动人心。在一次宴会上，喝了几杯茅台之后，他脸上泛起了一点红潮，样子已经有几分酒意了。他站起来讲话，又讲到日中文化关系，讲到日本军国主义者对中国人民的骚扰。这些话并没有新的内容，我已经听过许多遍，毫不陌生了。但是，现在从这样一位学者口中说出来，却似乎有异常的力量，让我永远难忘。

今天我自己来到了日本，接触到许多日本学者，接触到广大的日本人民。尽管我不能同所有的日本人民都谈话；但是，从一粒沙中可以看到宇宙，从少数日本朋友的谈话中，我仿佛听到了广大日本人民的声音。我在国内从日本代表团那里得到的印象，今天都完全得到了证实。

日本这个国家，整个就是一座大花园。到处树木蓊郁，绿草芊芊，很难找到一块不干净的地方。如果你想丢掉一团用不着的废纸什么的，那还真不容易，你简直找不到一块可以丢废纸的地方。家家户户，不管庭院有多么小，总要栽上一点花木。最常见的是一种矮而肥的绿松，枝干挺拔，绿意逼人。衬托着后面的小楼，看上去令人怡情悦目。

至于住在这里的人，都彬彬有礼，"谢谢！""对不起！"经常挂在嘴上。日本人民九十度的鞠躬是闻名全世界的。

但是，彬彬有礼并不等于慢慢腾腾。初到日本的人，大概都会感到，日本人走路、办事，都是急急忙忙，精神高度集中。连穿着高跟鞋走路的女士们，也都像赶路似的，脊背挺直，精神抖擞，得、得、得一溜小跑。好像前面有什么东西吸引着，后面有什么东西追赶着。日本人重视工作，重视工作效率、重视时间，决不肯浪费一点时间的。有的外国人把日本人描绘为"只知道工作的蜜蜂""工作中毒"等等。

这些说法，我觉得丝毫没有讽刺的意思，而是充满了敬佩与赞美。第二次世界大战结束时，日本战败了，国破家亡，疮痍满目，过了一段非常艰苦的日子。一直到今天，年纪大一点的人，谈起来还心有余悸。然而在短短的一二十年中，他们又勇敢地站了起来，创造了让全世界都瞠目结舌的奇迹。这似乎难以理解，实际上却非常自然。联想到我上面说到的日本人民的那种精神，创造些子奇迹，又有什么可以吃惊的呢？

我今天来到的就是这样一个国家：既陌生，又熟悉；既有神话，又有现实；既属于历史，又属于当前；即显得很远，又显得很近；既令人惊诧难解，又令人感到顺理成章。向这样一个国家和人民，我们有许多东西是可以学习的。如果说从前的蓬莱、瀛洲都隐在一团虚无缥缈的神话的迷雾中，那么今天的日本却明明白白、毫不含糊地摆在我的眼前。我就这样怀着好奇而又激动的矛盾心情，开始了对日本的访问。

1981 年 7 月原稿

1982 年 1 月 4 日抄完

游唐大招提寺

多么凑巧的事情，又是多么可喜的事情！唐大和尚鉴真回国探亲，我们在北京刚见过面；他回到日本不久，我们又来探望参拜他了。

一走进唐大招提寺，我们仿佛回到了祖国。此地的一草一木，一梁一柱，无不让我们感到亲切可爱。连踏在脚下的砂粒，似乎也与别处不同。我们的心情又兴奋，又宁静；又肃穆，又虔诚。我们明确地意识到，这不是一个普普通通的地方，这是一个神圣的地方；这是中日两国人民悠久的传统友谊结晶的地方，决不能等闲视之。

我们现在看到的当然是历历在目的大殿、经堂、佛像、神龛。但是我的心却一下子回到了一千多年以前的历史上去，回到鉴真生活的时代中去。这样的经历我从前曾经有过一次，那是在印度瞻谒玄奘遗迹的时候。我当时曾看到玄奘的身影无所不在。今天，印度换成了日本，玄奘换成鉴真了。同玄奘一样，鉴真的面貌我们都是熟悉的。我现在在这一座古寺里到处看到的就是鉴真的慈祥肃穆的面容。我仿佛看到他慈眉善目，庞眉铺目，到处烧香礼佛。看到他盘腿坐在莲花座上，讲经说法，为天皇、皇太子、贵族、平民传法授戒。他在整个寺院里让人搀扶着来来往往地行走。我不但能看到他的身影，而且能听到他的声音，虽然我并说不出，他的声音究竟是个什么样子。我们今天满怀虔敬之心踏在这一座古寺的土地上。我们知道，这一座古寺的每一寸土地都留有鉴真的足迹。我们脚下踏着的就是鉴真当年留下的足迹。因此，我们的步履轻而又轻，谨慎而又谨慎。特别是当我们走过一座重门深锁的院落的时候，我们的步子更轻了，我们仿佛在临深履薄，戒慎恐惧。这院落"庭院深深深几许"，在望之如云端仙境的重楼上，鉴真的漆像就作为国宝保存在那里。这门是经常锁着的。我们不由得面向楼阁深处，合十致敬。

鉴真爱不爱日本人民呢？他当然是爱的。他怀着满腔炽热的感情爱日本，爱日本人民。他同中国人民一样，深深地体会到中日两国人民的亲密关系，决心为日本人民牺牲自己的一切，把他认为能济世度人的佛法传到日本去。为了日本人民的幸福，他毅然决然离开了自己的祖国。在当时想到日本去，简直难于上青天。今天讲一衣带水，形容两国邻近，非常轻松，非常惬意。然而海中波涛滚滚，龙蛇飞舞，用木头造的船横渡，其艰险决非今日所能想象。鉴真尝试过几次，都失败了，最后终于九死一生，到了日本。如果对日本人民不抱有最深沉的爱，能做到这一步吗？他到日本时，双目已完全失明，什么东西都看不见了。但是，我相信，他能够看到一切。他看到的日本、日本人民、日本的自然风光，决不比任何人少，而且会比任何人都更多，更深刻。他看到了别人看不到的东西，他看到了日本人民的心。他的心同日本人民的心共同跳动，"心有灵犀一点通"。他们心心相印。就凭着这一点，虽然他不懂日本语言——我猜想，他初到日本时是不懂当地的语言的——他却完全能同日本各阶层的人民交流思想，沟通感情。日本人民的喜怒哀乐就是他的喜怒哀乐。他同日本人民浑然一体。"海为龙世界，天是鸟家乡"，日本就成了他的海，成了他的天了。

鉴真会不会怀念祖国呢？当然会的。他同样也是怀着满腔炽热的感情爱着自己的伟大的祖国。否则他决不会在离开祖国一千多年以后又不远千里不顾年老体衰仆仆风尘回国探亲。不但探望了扬州，而且还探望了他离开祖国时还不存在的首都北京。他是一位高僧，不会有什么尘世俗念。但是爱国之情是人们最基本的感情，高僧也不能例外。遥想他当年远离祖国，寄身异邦，每天在礼佛讲经之余，一灯荧然，焚香静坐，殿外的春花秋月、夏雨冬雪，难免逗起一腔怀乡之情。檐边铁马的叮咚不会让他想到扬州古寺中的铁马吗？日本古代大俳句家松尾芭蕉非常了解鉴真的心情。他有一首著名的俳句，前有小引："唐招提寺开山祖鉴真和尚来日时，于船中遇难七十余次。其间，因海风侵袭双目，终成盲圣。今日拜谒尊像，得诗一首。"诗云：

新叶滴翠，

摘来拂拭尊师泪。（林林译文）

像鉴真这样的高僧，断七情，绝六欲，眼中的泪珠从何而来呢？除了因怀念祖国而流泪之外，还能有什么原因呢？大诗人芭蕉不愧是真正的诗人，他能深切体会鉴真的心情，发而为诗，才写出这样感人的诗句，使我们今天的人，不管是中国人，还是日本人，读到它，还为之感动不已。

我们中国人，不管读没读过芭蕉的名句，好像都能体会鉴真爱国思乡的心情。因此，当他这次回国探亲时，不管走到什么地方，扬州也好，北京也好，他都受到热烈的欢迎。今天他看到的祖国同他当年的祖国相比，已经完完全全变了样子；但是，祖国的人民、祖国人民的心，特别是对他那一片赤诚之心，则是一点也没有变的。我想，鉴真是完全擦干了眼泪带着微笑回到他的第二祖国日本去的吧！即使在日本再待上几百年，甚至几千年，他内心里也感到欣慰吧！

　　中国人民对鉴真的敬爱还表现在另外一个方面。今天，凡是到日本来的中国人，只要有可能，没有不到唐大招提寺来参谒的。我们几个人现在就来到了这里。我走在这一座清净肃穆的大寺院里，花木扶疏，竹石掩映，到处干干净净，宛然一处人间仙境。但是我心中却是思潮腾涌，片刻不停，上下数千年，纵横数千里，遍照三世，神驰四极，对眼前的景物有时候视而不见。连自己走过的道路也有时候清楚，有时候不清楚。在不知不觉中，我们终于来到了鉴真的墓塔跟前。这一座墓塔并不特别高大巍峨，同中国常见的高僧墓塔样子和大小都差不多。这里就是鉴真永远安息的地方。我亲眼看到，日本人民男女老少成群结队，怀着极端虔敬的心情，到这里来参谒墓塔。走近墓塔的时候，他们面容严肃，脚步迈得轻轻的，唯恐惊扰了墓中的高僧。鉴真活着的时候，为日本人民的利益而牺牲了自己的一切。到了今天，他圆寂已经一千多年了，他仍然活在日本人民心中，他好像仍然生活在日本人民中间，天天受到他们的礼敬。鉴真死而有知，他一定感到莫大的欣慰吧！

墓塔的周围，茂树参天，绿竹挺秀，更显得特别清幽阒静。离开墓塔不远，有一片荷塘。此时正是夏天，塘里荷花盛开。这里的荷花很有点特色，花瓣全是白的，只有顶上有一抹鲜红，闪出红彤彤的光，宛如富士山雪峰顶上照上一片红霞。我在中国许多地方，世界上许多地方，都看到过荷花；在荷花的故乡印度也看到过荷花。白荷花、红荷花，甚至蓝荷花、黄荷花，都看到过。但是像鉴真墓旁这样的荷花却从来没有见过。难道是富士山之灵钟于荷花上面了吗？难道是鉴真的神灵飞附到这荷花瓣上来了吗？

不管我是多么依恋唐大招提寺，多么依恋鉴真的墓塔，多么依恋池塘里的荷花，我们的活动是有时间限制的。经过了两三个小时的漫游，我们终于必须离开了。我们怀着依依难舍的心情，一步三回首，慢慢地踱出了这一座举世闻名的古寺。登上汽车以后，仍然从车窗里回望那些巍峨的大殿楼阁，直至车子转弯，它的影子完全消失为止。这些影子在眼前消失了，然而却落入我的心灵深处，将永远留在那里。

敬爱的鉴真大和尚！我们暂时告别了。倘若有朝一日我还能来到日本，我一定再来参谒你。我会从祖国最神圣的地方，最神圣的一棵树上，采下一片最神圣的嫩叶，来拂拭你眼中的泪珠。

1980 年 7 月 23 日于日本箱根写草稿

1985 年 1 月 29 日于北京抄毕